Oriol Font i Bassa

Ovelles i Merda

metamorficabooks

Edició: novembre 2018

© Oriol Font i Bassa 2018

La reproducció total o parcial d'aquesta obra per qualsevol procediment, comprenent-hi la reprografia i el tractament informàtic, resten rigorosament prohibides sense l'autorització escrita de l'editor i estaran sotmeses a les sancions establertes per la llei.

Als meus avis per haver comprat els terrenys.
Als meus pares per haver posat els fonaments.
Als meus amics per haver pujat les parets.
Als meus enemics per demostrar-me que eren fortes.
A la meva dona per haver posat la teulada.
Al meu fill per haver-la decorat.

*"Puedo empezar pues,
a escribir mi libro".*
J.M. Fonollosa

0. PREFACI

Eudald
"La carretera es despertava quilòmetre a quilòmetre". Així voldria haver començat el documental: el sol sortint i les ovelles apareixent per l'horitzó capitanejades pel Pastor, en un general una mica contrapicat, quinze graus, no hauria fet falta més... Sí, crec que hauria sigut un gran inici, però suposo que no tot pot sortir com vols. Com va dir Gregor Stronoiavsky "Quan menys t'ho esperes, la merda et caça".

Les coses van començar malament i es van anar torçant més. Pedaços enganxats. Té collons, però així és. Així va ser. Però el geni aflora en les pitjors circumstàncies i a la crítica, aquest incorpori totpoderós que no en té ni puta idea de res, li va agradar.

En fi, suposo que no et referies a aquest principi, et deuries referir al principi de tota aquesta història.

Entrevistador
De fet sí, em referia al principi de tot, més que res per tenir la història cronològica i després...

EUDALD
    Després ho muntes com vulguis però jo començaré per aquí! Podríem tirar molt enrere, quan en Cesc m'ho va proposar, o quan jo el vaig embolicar, o quan... no ho sé. Podríem anar molt enrere, però millor que comencem pel primer dia de la transhumància, ja tindrem temps per tornar al passat. O no! A qui li importa el passat? Si no està passant, no és res. Tot és subjectiu, tot està pervertit pel filtre dels sentits i de la ment de qui ho explica. El present, el moment, això és l'únic que val!

ENTREVISTADOR
    Jo preferiria que ens cenyíssim al qüestionari.

EUDALD
    Mira noi, quant anys tens? Vint? Vint-i-dos? Jo a la teva edat ja tenia els ous pelats de fer documentals, per tant ara no em vinguis amb qüestionaris ni mariconades. Aprèn que l'entrevistat xerra i la teva feina serà treure'n una història que s'entengui a la sala d'edició! M'has entès?

ENTREVISTADOR
    Sí senyor.

EUDALD
    Doncs ara calla, escolta, i, si les poques neurones que et floten per l'interior del crani t'ho permeten, aprèn. Per on anava?

ENTREVISTADOR
    Pel principi...

Eudald
Ah, sí. El principi… A les cinc del matí estava davant la porta de casa en Cesc esperant que baixés. M'estava tornant a pixar, sempre em passa abans de començar un rodatge: els nervis se'm posen a la bufeta. Just quan m'havia decidit a ficar-me en la foscor de l'entrada d'un pàrquing, en Cesc va sortir. Tenia els ulls molt oberts, estrany per a ell a aquelles hores del matí. Buscava amunt i avall del carrer fins que em va veure. Va venir corrent, va seure, va deixar la seva motxilla al seient de darrera i una de més petita als seus peus.

—Anem tard, ho saps oi? —li vaig dir.

—Doncs val més que espavilis que abans hem de passar per casa mons pares.

—Per què? —vaig preguntar-li, o potser li vaig demanar un bon motiu.

I ell em deixa anar que havia de robar les cendres de la seva àvia. Us ho imagineu? Cinc del matí, un carrer fosc, dos homes sols en un cotxe i em diu que ha de robar les cendres de la seva àvia.

FOS A NEGRE

OVELLES I MERDA

OBRIM DE NEGRE

1. POTSER FALTA MÉS INFORMACIÓ

Lucía de Día
Pitonissa

Contactar amb els morts és una tasca difícil. Primer

haig de trobar l'esperit en qüestió i segon, ha de voler parlar. No tots els difunts tenen ganes de recordar la seva vida terrenal, tot i que també n'hi ha que només fan que xerrar i xerrar i xerrar... ja t'ho dic jo que tinc molta experiència en aquests assumptes, però suposo que per això m'heu contactat, no és així?

Entrevistador
    Naturalment! Sí, sí... Bé, per això i perquè ha sigut l'única que ha accedit a que filméssim la sessió. No em mal interpreti senyora de Día...

Lucía de Día
    Senyoreta, si us plau! Quina edat creu que tinc?

Entrevistador
    Perdoni. Senyoreta de Día, el que li volia dir és que vostè estava entre les nostres principals opcions, però per qüestions de producció, ja sap... A vegades rodejar-se de gent competent és complicat! Doncs per qüestions de producció van trucar a alguna que altra pitonissa abans que a vostè i no volien ser filmades en les seves sessions.

Lucía de Día
    I puc saber qui eren?

Entrevistador
    Doncs...

Lucía de Día
    És igual, és igual, no m'ho diguis, ja t'ho dic jo: xarlatanes! Totes unes xarlatanes! Jo no tinc res a amagar,

el meu do és autèntic i si ho voleu filmar em sembla bé. Però hauria de saber per què i amb qui voleu contactar.

Entrevistador
Estem fent un documental, que tampoc és una tasca gens fàcil. I fer un documental sobre un documental, el que en diríem un *metadocumental*, és una feina immensa. Però si, a més, és un *metadocumental* sobre un documental premiat en alguns dels principals festivals *undergrounds* del món i fet per un documentalista dogmàtic d'una secta fílmica de la que ell és gairebé l'únic seguidor i el seu màxim representant, és un suïcidi. I més quan ets un estudiant d'últim curs de l'escola de cinema d'on ell va sortir i de la que se'n creu l'alumne més il·lustre. Ja li dic que les entrevistes es transformen en *pseudoclasses* magistrals impartides per un boig que té com a referència el que per alguns és l'Orson Welles del documental i per altres és l'Ed Wood. Però per la majoria és Satanàs amb una càmera.

Productora
Ja està, ja s'ha desfogat...

Lucía de Día
Entenc, entenc. Bé, de fet he entès ben poc del que ha dit, però és igual, el que has d'entendre tu és que jo cobro per hores i que el taxímetre està en marxa, ho saps, oi?

Entrevistador
Sí, sí, però li vull donar totes les dades perquè pugui palpar la importància de la seva feina. I també

de la meva. Documentar-se és la clau i aconseguir el màxim nombre de punts de vista és indispensable. Tots els mitjans són bons per extreure una declaració, potser en això tenia raó Stronoiavsky, i ens falta el punt de vista de Rosa Fleca, la difunta àvia d'un dels personatges, en Cesc, per acabar de tancar la història.

Lucía de Día
Molt bé, crec que ja tinc les dades. Podem començar la sessió. Només dir-vos que necessito silenci perquè haig d'estar molt concentrada. També gasto molta energia i pot ser que en algun moment la connexió es trenqui o hagi de descansar.

Entrevistador
El taxímetre, en aquests casos, para?

Lucía de Día
No.

Entrevistador
Però...

Lucía de Día
Si accepteu, accepteu, si no, aneu a parlar amb les altres.

Entrevistador
No, no. Acceptem, acceptem.

Productora
Però...

Entrevistador
Acceptem!

Lucía de Día
Doncs comencem.

2. AMB NOCTURNITAT I ALEVOSIA

Cesc
Ja sé que els meus pares m'ho havien prohibit, però què collons, tenia trenta-dos anys! No crec que hagués de donar explicacions de tot el que feia, oi? No sé perquè l'Eudald es va estranyar tant, de fet la idea de fer aquell viatge anava d'això, havia sortit d'allà, de la mort de la meva àvia i de les seves cendres.

Eudald
Sincerament creia que m'havia tret de sobre les putes cendres, els seus pares són molt sensats i van entendre que una transhumància no era lloc per a elles, que l'urna es podia trencar, que es podia bolcar pels camps... no sé què més els vaig dir.

Entrevistador
M'estàs dient que vas anar a parlar amb els seus pares?

Eudald
Naturalment, jo no volia que res pogués arribar a espatllar la meva obra. Ella va veure clar que les cendres de la seva mare no podien viatjar. I el pare,

bé, el pare és com en Cesc: de voluntat laxa. Potser més i tot que el fill.

Àvia
Per boca de Lucía de Día
Oi tant que recordo la conversa. La tingueren al menjador, davant meu. Jo els mirava des de la lleixa de sobre la llar de foc i el xicot aquell m'anava senyalant i dient el perill que podia córrer. A mi em semblà que actuava, però la meva filla s'ho va ben empassar. Sempre em va estimar molt, sap?

Cesc
Està bé, el cas és que sí que anava a fer cas a mons pares, però estava mirant la tele mentre esperava l'Eudald i vaig veure, saps el vident aquell de la cua? Doncs aquell. Estava fent no se què amb uns papers, després els va cremar i va començar a parlar del viatge que farien el fum i les cendres i que amb això curaria alguna cosa, ara no ho recordo perquè el vaig deixar d'escoltar i perquè anava una mica passat de cervesa. Però ho vaig veure clar, les cendres havien de viatjar amb nosaltres. Era el seu destí i el nostre.

Eudald
Hòstia puta, que els esperits li havien parlat, em deia. Ara resulta que el nen creu en el sobrenatural! Allò començava malament, molt malament.

Àvia
Què en sabran ells d'esperits i del més enllà? Qui no ho viu, o ho mort en aquest cas, no ho pot saber. El de la tele és un poca solta i el meu nét un tanoca.

Cesc

L'Eudald va parar el cotxe davant de casa mons pares. El barri estava en silenci i vaig baixar sense fer soroll. Va ser tot un detall que deixés el motor engegat per fugir més ràpid, empassar-se tantes pel·lícules finalment li havia servit d'alguna cosa.

Eudald

Vaig veure en Cesc entrant a la casa, però el meu cap estava en un altre lloc, tant que em vaig despistar i no vaig parar el cotxe. Hi havia una cosa que no li havia dit: ell no podria caminar amb les ovelles. M'hauria estat fàcil convèncer-lo sense les cendres, però ara que tenia l'esperança de fer aquell camí amb la seva àvia... No sabia com li diria que hauria de fer la transhumància amb el tot terreny del Pastor. Això si arribàvem a temps! Ja veia que ens tocaria trepitjar a fons.

Com que tardava, vaig buscar un altre racó per anar a pixar, pensava que si buidava potser ho veuria tot més clar. Per cert, hi ha un estudi que diu que amb la bufeta plena es prenen millors decisions, però no li vaig fer cas, quan la natura et crida se li ha de fer cas! Un consell, si pixeu a la rampa d'un pàrquing, feu-ho cap avall, jo ho vaig descobrir massa tard i vaig semblar un compàs amb epilèpsia fent un cercle.

En Cesc va venir corrent cap al cotxe amb l'urna entre els braços mentre una llum s'encenia al pis de dalt de la casa. Jo també vaig córrer.

Àvia

Quin despertar més estrany! Primer una sacsejada, després calma, després aquell *estruedu* i després amunt i avall per dins l'urna. Tenia les cendres ben marejades.

Cesc
Em coneixia bé aquella casa: primer hi passava moltes hores amb els meus avis i després hi vam viure tots junts fins que van morir, per això vaig pensar que no feia falta encendre cap llum. Trobar l'urna va ser tant fàcil que vaig decidir celebrar-ho picant alguna cosa de la nevera, les cerveses de la nit m'estaven provocant una mica de cremor. Per sort hi ha coses que no fallen: llom arrebossat del sopar, ben tapat, a la nevera. També vaig passar per la farmaciola a agafar unes quantes drogues.

Miquel Quintanilla
Pare d'en Cesc
Tot legal, li asseguro! Perquè dit així sona bastant malament.

Cesc
Després, vaig sortir seguint els meus passos, però una tauleta amb un gerro de flors a sobre va decidir que era hora de fer un volt per la casa: puntada amb el dit petit, crit menys ofegat del que hauria volgut i, finalment, l'espetec de la ceràmica contra el gres. Per uns moments em vaig quedar parat, esperant que el meu immobilisme s'encomanés a la resta de mobles i, especialment, que s'encomanés als meus pares que dormien just a sobre. Però no va ser així: primer uns murmuris, després passes, la llum de la seva habitació va il·luminar l'escala i jo vaig decidir fugir.

Miquel Quintanilla
Miri, li seré sincer, el meu fill va anar a les millors escoles que ens podíem permetre i a casa sempre ha rebut una educació basada en el respecte i la sinceri-

tat. Si hagués sigut un nen al que haguéssim descuidat o que s'hagués criat en un ambient, com dir-li, de moral distreta, ho podria arribar a entendre, però amb els antecedents que li he explicat, si em permet el símil criminològic, qui pensa que el seu fill pot venir a robar-li les cendres? Jo no, i la meva dona tampoc, simplement vam pensar que algú havia entrat i vam trucar a la policia. "Què s'han emportat?", ens preguntaven, i nosaltres, asseguts al sofà, que res, que res. I ells que encara sort que havien fugit perquè mai se sap com poden reaccionar aquests delinqüents. A mi em tremolava tot el cos.

Sergi Palmita
Agent de guàrdia la nit dels fets

No deixava de ser estrany: la porta no estava forçada i totes les obertures estaven tancades per dins. Si no fos pel gerro trencat no semblaria que hagués entrat ningú. El meu olfacte em deia que allà passava alguna cosa que no ens volien dir.

Montserrat Ventura
Mare d'en Cesc

Jo me'n vaig adonar quan la policia ja estava a casa: faltaven les cendres de la meva mare. Li vaig dir al meu home i ell insistia en que ho havíem d'explicar a la policia però després el vaig fer reflexionar amb el dia en el que estàvem i ho va entendre tot. Sabia que per Sant Joan marxaven les ovelles i sabia perfectament qui volia fer què amb les cendres. Així que vaig sortir al pati a trucar a en Cesc.

Sergi Palmita

Que decidissin fer el ressopó també em va semblar,

si més no, curiós. Però en la meva feina n'he vist de tots colors, tampoc li vaig donar massa importància i simplement ho vam empaquetar per buscar empremtes. Com que al final van decidir no posar denúncia, tot va quedar en res.

Eudald
En Cesc va posar les cendres dins la bossa que havia deixat als peus. Estava plena de bufandes i algun jersei, suposo que per protegir l'urna dels cops. Em deia quant emocionat estava de poder fer aquell viatge, d'haver-se decidit a fer-lo amb la seva àvia. Fins i tot parlava amb ella! Li deia "Ho veus àvia, al final tornaràs al teu poble".

Àvia
Què voleu que us digui, a mi m'emocionà. Després de tot, encara semblava que tenia una mica *d'hombria*.

Cesc
La meva àvia sempre havia volgut tornar, i per fi tornaria. Li havia promès que hi aniríem junts quan ella va estar a l'hospital, i era hora de complir la promesa. Em va sonar el mòbil, era ma mare, vaig suposar que havien trobat a faltar les cendres i vaig preferir no agafar-lo. Telèfon en silenci i vaig tancar els ulls.

Eudald
Quan es va treure el mòbil de la butxaca li van caure unes pastilles. Li vaig preguntar què eren i ell em va dir que pastilles per dormir de sa mare. En Cesc sempre ha sigut molt senyoret amb això de dormir.

Cesc
Jo per dormir necessito parets, sostre i un llit. Com a mínim un sofà. Vaig pensar que uns somnífers no estarien de més si volia passar nits al ras.

Eudald
Però al cotxe no li van fer falta, es va quedar fregit amb l'urna abraçada. Qui pot dormir en un moment així! Les ovelles no esperen i jo anava a cent-vuitanta per l'autopista! Vaig apujar la música i vaig deixar que fes. Collons, i encara no sabia com dir-li que venia de cotxe escombra.

3. UN CENDRER PARTICULAR

Cesc
Em vaig despertar amb el sol picant-me de ple a la cara. Abraçava l'àvia amb força perquè no es bolquessin les cendres amb els sotracs. L'autopista s'havia convertit en una carretera entre pins mal asfaltada i l'Eudald no abaixava el ritme.

Pastor
Aquests de ciutat sempre van amb presses! Fàcil que és llevar-se més aviat. Redéu, van entrar cardant una polseguera que ens va deixar a tots ben blancs. *Va parir!* Les ovelles corrien espantades dins el corral i els gossos no paraven de bordar. Quan van baixar li vaig dir al nano de les cendres que esperava que conduís millor que el seu amic.

—Com? —em va contestar, i el de la càmera se'l va endur a un racó.

Eudald

Mira Cesc, vaig dir-li, el Pastor em va demanar que algú portés el seu tot terreny per carretejar l'aigua i l'equipatge i per si alguna ovella es feia mal, i vaig pensar que ho podies fer tu. T'ho volia dir abans però com que estaves tant il·lusionat amb les cendres no sabia com dir-t'ho.

Cesc

M'hauria posat a cridar-li allà mateix, dir-li que què s'havia cregut, que aquell viatge era meu, que la idea era meva, que si ell podia fer el seu maleït documental era perquè jo li havia explicat tota la història de la transhumància. Sentia tanta ràbia que les paraules no em van sortir i només vaig assentir.

Eudald

La veritat és que va ser molt comprensiu, no m'ho esperava, suposo que va entendre que tot allò anava més enllà de portar unes cendres. Aquell viatge, en les meves mans, s'havia convertit en una expressió artística, allò sí que podia donar la vida eterna. Li vaig picar l'espatlla en senyal d'agraïment i vaig començar a filmar.

Cesc

El Pastor em va ensenyar els meus útils de treball: un Nisan Patrol major d'edat amb olor de corral i les cantimplores que sempre havien d'estar plenes. I si em poses la reductora, em va dir, ganivet i a les bardisses, m'has entès? Que no estem per llençar petroli! Després em va preguntar que hi havia a la bossa.

Pastor
El malparit s'havia endut les cendres de la seva àvia de viatge! Quin tip de riure em vaig cardar, s'havia portat un cendrer particular!

Cesc
Sí, em va saber greu, però era el que em tocaria aguantar aquells dies, no hi havia més, així que vaig callar i vaig canviar de cotxe les maletes i l'equip de rodatge. El gris perla del metall del tot terreny havia deixat pas a l'òxid i a la pols. Els seients estripats amb les vísceres per fora i la pell gastada, seca, saltada, arrodonien el lot. El maleter del Patrol estava ple d'estris del Pastor: dins d'una caixa de plàstic d'aquelles de fruita hi havia una navalla, cordill, una corda, cinta americana i una farmaciola caducada. També hi havia fang, molt de fang, un paraigües i una escopeta. L'urna la vaig deixar al seient del copilot amb el cinturó de seguretat posat. L'Eudald seguia treballant, crec que des de l'escola de cinema no havíem treballat junts en un projecte com aquell. Bé, si del que feia jo se'n podia dir treballar.

Maria Ollé
Filla del Pastor
Sí, sí, hi havia molta gent aquell dia a casa, molta, sí. Hi havia els amics del pare i els dos senyors de ciutat. El dolent i l'altre. Jo no volia sortir, em feia vergonya la càmera, el pare no m'havia dit re i portava el davantal brut, així que em vaig quedar mirant des de dins de casa, sí.

Cesc
   Vaig aprofitar per xafardejar els voltants. La casa es veia, i era, vella i petita, feta de maons i teules de fang amb alguna paret arrebossada i pintada de blanc. Em va semblar que algú s'amagava rere el marc de la porta i vaig distingir la filla del Pastor. Bé, en aquell moment no ho sabia, però ho vaig deduir. Pobrissona.
   Les sitges de gra substituïen els xiprers per donar la benvinguda al corral que quedava separat de la casa per un pati força gran, d'uns cinquanta metres, on la sorra es barrejava amb grava, merda d'ovella i ciment triturat d'algun rudimentari asfaltat ancestral. Davant els gossos, lligats a les columnes del cobert de la palla, el Pastor gaudia de la presència de la càmera actuant pels amics que l'havien vingut a acomiadar. La seva dona passejava sense rumb.

Eudald
   El Pastor no tenia por de la càmera, al contrari, li agradava la seva presència i treballava per a ella.
   —Avui m'he mudat les botes, els pantalons i la camisa. Vosaltres que us mudeu sovint no té mèrit, però jo que em mudo una vegada a l'any sí que s'hi nota! —deia, i vaig saber que l'havia trobat. Stronoiavsky afirmava que quan el personatge real actua d'ell mateix davant la càmera, tens un actor real.
   El Pastor també deia als seus amics que s'havia afaitat i dutxat, que per un dia no li passaria res.

Cesc
   Deia que l'únic que no s'havia canviat era la faixa i m'ho vaig creure, perquè a primera hora del matí ja estava plena de mosques. No t'enganyo, de veritat!

PASTOR
És que amb la feina tant bruta que tinc, no val la pena rentar-se massa, perquè en cinc minuts tornaria a estar igual. Aquests de ciutat... Que si aigua de colònia, que si sabó, l'home ha de fer olor d'home i l'home que treballa ha de fer l'olor del seu treball, del seu esforç!

CESC
Em vaig asseure al cotxe a fumar-me l'últim cigarret. Havia decidit que eren bons dies per deixar de fumar perquè no tindria lloc on comprar tabac. Quan el vaig acabar, vaig deixar el paquet buit sobre el quadre de comandaments del tot terreny, més que res com a recordatori del que no havia de fer més, i vaig observar l'escena: els homes van fer un petit cercle del que la dona del Pastor en va quedar al marge. A dos metres darrera el seu marit, ficada sota el porxo dels gossos, assentia i reia. Buscava amb els ulls alguna complicitat però ningú la mirava, així que tornava, una vegada i una altra, al mateix punt buit dels seus peus. Un infinit terrenal on ningú la molestava. La filla seguia observant des de la porta de casa. Aquella vegada la vaig poder veure millor. Estava lluny de tots i lluny del món, a jutjar per la mirada absent d'aquella nena de trenta anys.

EUDALD
De cop i volta, el Pastor va donar la conversa per acabada. Va fotre un crit al Cesc perquè tirés un quilòmetre carretera amunt amb el cotxe i ens esperés, cosa que no em va agradar gens.

ENTREVISTADOR
Vols dir la manera amb que li va dir?

Eudald
No collons, el que em va emprenyar va ser que no em demanés permís per començar el viatge ni em consultés on volia que anés el cotxe. No podia permetre que a cada cinc plans aparegués aquella tartana aparcada sota un pi. El Pastor feia la transhumància sol, sol amb 800 ovelles. No la feia amb un cotxe d'assistència! Així que vaig anar a parlar amb en Cesc perquè estigués atent a no sortir, perquè es mantingués fora de l'ull de la càmera. El cotxe no ha de sortir en el documental, li vaig dir, i molt menys el Pastor dirigint-se a tu. Entens?

Cesc
Entenia perfectament el que em deia, jo hauria actuat igual, però què volia, que em fes invisible? En aquells moments li hauria arrencat el cap, però estava més pendent de ma mare que no parava de trucar. Encara tenia cobertura, però el pastor ja ens havia dit que "aquests trastos, a muntanya, no serveixen".

Maria Ollé
El pare va obrir la porta del corral i van marxar. La mare i jo ens vam quedar dient adéu amb la mà, sí. El pare també ens va dir adéu.

Eudald
Impressionant, ni tant sols les va mirar, va aixecar el braç com qui espanta una mosca i això va ser tot. Res més. Quina gran escena: marxa per no tornar en tres mesos i tot comiat és això. Genial!

Cesc
Mentida, en cinc dies es tornarien a veure. No pas-

sava pas l'estiu a muntanya, això és el que l'Eudald va fer creure a la gent. Aquell home, que deuria rondar la setantena, no podia aguantar tot l'estiu en un refugi de pastors.

EUDALD
  Fill de puta...

CESC
  En fi... Avançar un quilòmetre i esperar. Esperar a que les esquelles s'acostessin i que un crit llunyà del Pastor em donés permís per seguir endavant. Aquesta seria la meva feina, avançar-me sempre al ramat per esperar-los un tros més enllà. Sense que em poguessin atrapar mai. Hauria de fer aquesta operació unes cent vegades, tantes com quilòmetres quedaven per arribar a Sant Joan del Munt. Hores amb mi mateix ensumant merda d'ovella, a ple sol, sense res per llegir ni res a fer. La son em començava a vèncer i per vèncer-la jo a ella vaig decidir precintar l'urna perquè les cendres no poguessin sortir. Per fer alguna cosa.
  Vaig intentar escoltar la radio, però no funcionava: cap soroll, cap interferència, res que donés senyals de vida en un aparell que encara anava amb cassetes. El cos en contacte amb els seients em picava, eren les onze del matí i començava a fer calor.
  —Tira! —el crit. Tocava conduir.
  La carretera transcorria per camps secs de cereals espolsats per clapes verdes. O potser només era herba seca i herba a punt d'assecar-se, no ho sé. Preferia la versió dels cereals. Fer la transhumància era normal, en aquells paratges quedava ben poc per menjar i, amb el juliol entrat, no quedaria res.

—A muntanya és un altre clima —ens havia dit el Pastor—, allà les ovelles tenen menjar fresc tot l'any. A més, així també canvio de putetes, que cardar sempre amb les mateixes acaba cansant.

La indicació d'un poble a dos coma tres quilòmetres em va fer desviar del camí. Si vols fer bé la feina, em vaig convèncer, necessites un cafè. El poble van resultar ser dues cases, un *colmadu* i un bordell. L'elecció va ser senzilla, però el cafè, massa llarg.

EL VIATGE

4. SI ET TORNES A PERDRE, PASSA PER AQUÍ

Cesc

Vaig aparcar en el descampat buit del costat de la casa de la caritat. Els vidres de les finestres eren com miralls, les lletres vermelles i lluminoses amb la paraula OPEN m'indicaven que podia passar, de fet, em cridaven a entrar. Dins, aire condicionat, foscor i una barra il·luminada per una noia amb poca roba.

—Bon dia guapo, et puc ajudar en alguna cosa? —i es va col·locar bé els pits que quasi se sortien de les seves lligadures.

—Em podries posar un cafè?

—Segur que no vols res més? —em va dir recolzant-se amb els dos braços sobre la barra i deixant-me veure el que s'amagava rere el teló.

Un revifament momentani em va envair el cos i un pessigolleig em va recórrer des del baix ventre fins a la boca. Notava una palpitació que començava a senyalar-me el camí a seguir, per sort, la imatge del Pastor passant per la pedra a aquella pobre noia abans que jo, em va fer baixar tota la testosterona acumulada.

—Segur, gràcies —i amb cara de decepció i d'alleujament al mateix temps, em va fer el cafè.

Els minuts corrien, el rellotge gegant de la paret m'ho indicava quan el mirava cada cinc segons. El mòbil feia estona que no sonava perquè la cobertura havia ja desaparegut.

MONTSERRAT VENTURA
MARE D'EN CESC

No sé quantes vegades l'havia trucat ja, però començava a estar molt enfadada. Parar el mòbil! A qui se li acut? Si l'enxampo en aquell moment... Una bona bufa s'hauria emportat!

CESC

La noia m'observava mentre llegia una revista del cor asseguda sobre una nevera. Jo pensava en el Pastor i en l'emprenyada que li agafaria si les ovelles m'avançaven, però el benefici d'estar allà, fresc i amb una tassa de cafeïna, superava amb escreix el perill.

—Tens alguna cosa per menjar? —li vaig preguntar.

—Si et serveixen unes patates de bossa, sí.

—No és el que tenia pensat però serviran —la noia me les va deixar sobre la barra—. I cobra'm quan puguis —em vaig acostar a la taula d'en Jonson a xerrar una estona.

SÒNIA LASSO
TREBALLADORA DEL BORDELL

Als matins hi ha poca feina, així que jo intentava fer-lo caure en la temptació, és la meva naturalesa, però no ho vaig aconseguir, de fet, m'ho vaig prendre més com un joc que no pas com un possible ingrés. Tot i que en aquells ulls hi vaig veure un moment de dubte. Després es va quedar entre el rellotge de paret i el mòbil, se'l veia nerviós, incòmode potser. I quan pensava que ja marxava i que no el veuria mai més, va i esposa a parlar amb el paio més raro que havia vist entrar per la porta en l'últim any. I ja et dic jo que en veig molts!

Cesc
Vaig tornar a la barra a pagar amb un somriure que ella em va tornar. Abans de marxar, no em vaig poder estar de fer-li una pregunta.
—Tinc un dubte.
—Digues.
—Això és... vull dir que...
—Si, això és una casa de putes –va afirmar.
—No ho volia dir així —em vaig excusar.
—Però ho és —va dir ella.
—Doncs això, aquí perduda, ve gaire gent?
—Tu has vingut.
—Sí, però perquè m'he perdut i no he trobat res més! No em mal interpretis, he estat molt molt a gust, però...
—Ja t'he entès —va interrompre'm —i sí, tenim feina: és un lloc apartat i això és part del seu encant, però sobretot vivim de pagesos i pastors que s'escapen de les seves dones una vegada han acabat la feina —vaig assentir amb el cap—. La veritat és que amb alguns s'ha de tenir molt d'estómac!
—M'ho crec, en conec algun. Bé, gràcies per tot.
—Si et tornes a perdre, passa't per aquí! Per cert, em dic Sònia.
—Gràcies Sònia, és un bon lloc per perdre's. Fins aviat.

Sònia

Quan el vaig veure entrar vaig pensar que venia a demanar indicacions per arribar a alguna casa rural o a l'hostal. No tenia pinta de ser client. Al principi, el contrallum de fora només em va deixar intuir la silueta, després el vaig poder veure millor: era atractiu, tampoc diria que guapo, però tenia un punt eròtic-festiu que no estava gens malament. Ulls blaus, el cabell lleugerament despentinat, però potser el que més em va sobtar va ser que la seguretat amb la que caminava no concordava a la timidesa de la seva manera de parlar. Em va agradar, vaig pensar que estaria bé conèixer-lo una mica més.

Cesc

L'infern em va sobrevenir quan vaig sortir per aquella porta. El contrast entre l'interior i el sol que començava a caure amb força em va fer desitjar d'acceptar la proposta de perdre'm una altra vegada. Només per xerrar, pensava, una conversa agradable amb una noia bonica en un ambient fresc i reservat, però quan me'n vaig adonar ja estava assegut al cotxe amb el motor en marxa i respirant secrecions ovines.

—Cap a on anem ara, amic meu? —em va preguntar en Jonson.

Un moment per orientar-me i no anar en direcció contraria, i vam tornar per on havia vingut. Sentia que la meva àvia em mirava, l'havia deixat allà sola, a ple sol.

—De veritat que ha sigut només un cafè! —li vaig

dir— no he pecat!
En Jonson va dir que ell n'era testimoni.

ÀVIA
PER BOCA DE LUCÍA DE DÍA
Aquell noi em semblà bastant estrany, però en un lloc com aquell dubto que es pugui trobar ningú normal! El que sí que us prometo és que jo no vaig dir res, de veritat que no. Però no m'agradà veure el meu nét en aquell antre de perversió. Una cosa és que no em volgués acompanyar a missa, bé, de fet alguns dies si que m'acompanya a l'església, però m'esperava combregant al bar de l'altre costat de la plaça. Resava per ell, però hauria d'haver vist que la depravació aniria en augment. Allò era intolerable. Entrar a una casa de barrets...

CESC
Quan estava a cent metres del creuament que havia agafat feia massa estona, vaig veure el núvol que acompanyava al ramat. Estava passant el que no podia passar: les ovelles, i sobretot el Pastor, m'estaven avançant.
Em vaig esperar a que passessin i l'Eudald em va veure.
—Què fots aquí? —em va preguntar.
—Necessitava un cafè i he calculat malament —l'Eudald va fer que no amb el cap mentre deixava anar algunes malediccions que no vaig arribar a sentir—. Quan puguis digues a aquell home si em deixarà passar quan hi hagi alguna clariana.
—I ell qui és? —referint-se al meu acompanyant.

—És en Jonson, l'he conegut fent el cafè i m'ha demanat que el portés —en Jonson li va allargar la mà, l'Eudald va marxar.

5. EN JONSON

Johnson
Si us plau, sense la hac. Mai m'han agradat les hacs. Ocupen espai, fan perdre el temps, gasten i tampoc serveixen de tant.

Jonson
Falsificador de papallones
Sí home! I per què no truqueu directament a la policia? Podríem ser una mica més refinats i posar, no ho sé, alguna cosa així com Artista subversiu de l'alat?

Jonson
Artista subversiu de l'alat
Ara sí, gràcies. Segur que no se'm reconeix, oi?

Entrevistador
Segur, té tota la cara en penombra i la veu li retocarem a postproducció.

Jonson
Artista subversiu de l'alat
Perfecte. Ja podem començar. O no, miri, deixem-ho amb Jonson, la meva professió no és tant important.

Cesc
Per a mi, Jonson és nom de negre. De negre alt i prim amb vestit blau cel o verd turquesa, com el que apunyalen en el documental *Gimme Shelter*, saps el que vull dir? El del concert dels Rollings en el que van contractar com a *segurates* els Hell's Angels. Si no l'has vist, busca'l. Però aquell home no era ni negre ni alt. Prim si que ho era i també duia un bigotet fi que crec que qualsevol Jonson hauria de portar.

Jonson
Naturalment aquest no és el meu nom real, però per qüestions de seguretat prefereixo no dir-lo.

Cesc
Estava assegut a la barra, bevent el meu cafè acompanyat de la Sònia. Estem situats? Moviola enrere, contra pla i més detalls per a l'escena. Acabava de demanar el compte, per tant feia estona que havia entrat i ja tenia els ulls ben acostumats a la poca llum. Entre la foscor de la sala vaig veure que en un racó, assegut en una taula, hi havia un altre home. Portava un vestit vell i negre, sense corbata. Tindria uns cinquanta anys, el cabell emblanquinat li començava a escassejar. Sobre la taula hi tenia un bombí també negre i un got d'aigua. Sobre la falda, un maletí d'aquells de metge d'abans.
Vaig tornar a mirar el rellotge, encara tenia temps, però no pensava que parlar amb aquell personatge se me'l menjaria tot.

Jonson
Es va acostar i em va dir si podia acompanyar-me

amb el meu refrigeri. Naturalment jo no li vaig fer un lleig i el vaig convidar a seure.

CESC
   Ens vam presentar, però tot just va dir el seu nom, Jonson, una parpella li va començar a tremolar. Li vaig donar la mà i em vaig asseure. Per sota les mànigues de la jaqueta i la camisa, hi vaig entreveure un canell ple de taques, com cremades de cigarret.

JONSON
   Em va preguntar que a què em dedicava. Jo l'havia observat i sabia que no era un policia secret. Els vidres des de fora són miralls, però des de dins es veu perfectament l'exterior i amb el cotxe que va arribar, no ho podia ser. Però tampoc em quadrava amb la seva vestimenta, així que vaig ser prudent. Tot detall és important i necessitava més informació per estar segur de per quina cama coixejava.
   Havia de contestar la pregunta sobre la meva professió: si era policia era igual el que li digués, si no ho era, tampoc volia causar mala impressió, així que vaig buscar una professió aproximada a la meva i li vaig dir que era viatjant de papallones.

CESC
   Com?

JONSON
   Viatjant de papallones.

CESC
   Va obrir el maletí i en va treure un parell de cubs de

metacrilat d'uns deu o dotze centímetres. Dins de cada un hi havia una papallona preciosa, amb les ales desplegades. La primera era de colors blaus i verds, vaig pensar que la papallona feia més per dir-se Jonson que ell; la segona era d'un rosa brillant i negra i blava.

Jonson

Agrias beatifica beatifica mascle i A*grias sardanapalus sara* també mascle.

Entrevistador

Perdó?

Jonson

És igual, eren dues mostres. La cara de sorpresa que va posar no es pot fingir. Puc agafar-les? Em va preguntar, i les va començar a mirar amb el delit d'un nen observant pel seu primer microscopi d'insectes.

Entrevistador

El primer què?

Jonson

Microscopi d'insectes! Tot nen n'ha tingut un! No? Segur que no? Doncs jo pensava que... Bé, un microscopi d'insectes no deixa de ser un recipient tancat on hi poses els insectes i té una o dues lupes d'augments per veure'ls per sota i per sobre. Segur que vostè no en va tenir cap?

Entrevistador
No.

Jonson
Bé, això sí que no ho hauria dit mai! Em deixa ben parat.

Entrevistador
Em sap greu... Podríem seguir?

Jonson
Sí, perdoni. Com li deia, estava quasi del tot convençut que no era policia, així que vaig decidir preguntar per la seva presència per aquells varals. Em va dir que estava de transhumància amb les ovelles, cosa que em va sobtar perquè, si estava de transhumància, què feia allà? Però al mateix temps em vaig dir que ningú inventaria una excusa tant poc creïble, i em vaig relaxar.

Cesc
Així ets de muntanya, em va dir, això em tranquil·litza! I el tic de l'ull li va parar en sec. Vaig estar a punt de corregir-lo, però vaig pensar que no valia la pena, i més quan em va dir que que no fos policia li treia un pes de sobre.

Jonson
Aquell noi era un artista traient-me informació!

Cesc
Em va confessar que no era comerciant, que bé, que sí que venia papallones, però que eren falses, que ell en re-

alitat es dedicava a falsificar papallones i a col·locar-les al mercat a través de majoristes.

JONSON
I em diu que a ell li han semblat papallones. I és que ho són! Però si les condicions de llum haguessin estat millors segur que hi hauria vist els defectes. El meu avi sí que era un artista, era el millor falsificador de papallones del món. Algunes de les seves creacions es venien més cares que les autèntiques papallones, estaven considerades obres d'art, així de bo era el meu avi. Però jo, pobre de mi, un trist aprenent. El meu avi m'ho va intentar ensenyar tot i jo vaig aprendre el que vaig poder. Abans de morir, em va deixar els seus estris de treball, els seus clients i els seus contactes. Amb el temps, els estris es van trencar, els clients es van buscar altres proveïdors i els contactes van morir igual que ell.

CESC
I en mig de la conversa em pregunta si considero que he triomfat. I jo li dic que depèn del que entengui per triomfar.

JONSON
Triomfar vol dir triomfar: tenir diners, tenir poder i/o ser important dins un grup que tu consideres important. La gent que diu que triomfar són altres coses, és el vestit que s'han fet a mida per poder dir que han triomfat quan en realitat són autèntics fracassats com la immensa majoria de gent. El meu avi sí que era un triomfador.

CESC
Sota aquells paràmetres vaig haver de respondre

que no, que no havia triomfat: no tenia diners, no tenia poder i els grups que jo sentia importants eren inversament proporcionals a la importància que ells sentien en vers mi. Encara ets jove, em va dir, i jo li vaig preguntar si ell havia triomfat. En Jonson es va posar a riure.

—Si hagués triomfat creus que estaria aquí esperant que m'acceptin una papallona per pagar aquest got d'aigua?

—I parlant d'això, per què estàs aquí?

—Un lot massa car i massa mal fet. Passaré l'estiu a muntanya esperant que es calmin els ànims per la capital. Els amants dels lepidòpters poden ser molt cruels.

CARLES FOIX
COL·LECCIONISTA DE LEPIDÒPTERS

Aquell estiu va ser mogut, de fet, des del mes de maig va començar a córrer el rumor dins el mundillu que hi havia un lot bastant important de *Chrysiriadia rhipheus* falses. Naturalment, tots els que n'havíem comprat, perquè jo estava entre ells, ens vam afanyar a fer les comprovacions oportunes amb els atles i les fotografies d'internet: la còpia era bona, però no perfecta. Quasi perfecta, però només quasi. Tot i això, aquest no va ser el principal problema, perquè de falsificacions en trobem a cabassos, bé, potser no a cabassos, però sí que molta gent t'intenta colar una *Apias neru figulina* per una *Apias neru zarinda* o, que li diré jo, pinten una *Iphiclides feisthamelii* i diuen que és una *Apatura ilia*. El problema d'aquell lot és que eren mil papallones voltant, i això vol dir mil persones buscant-te perquè els has estafat. I en una afició que mou tanta poca gent, però al mateix temps tant militant, això és la teva ruïna.

Jonson
Els de les papallones tenen molta mala llet, però els dels escarabats són pitjors. És un món on no hi penso entrar mai. Mai!

Cesc
La resta ja ho sabeu, o potser no us ho he explicat: va sortir darrera meu, em va demanar que el portés un tros "m'és igual cap a on, però no tinc ganes de caminar" i vam arribar més tard que les ovelles.

6. TROBA LA MIRADA I VEURÀS EL MÓN

Eudald
Com volia que aquell home el deixés passar? La transhumància és una tradició mil·lenària i les ovelles sempre han seguit el seu ritme: tenen dret a pas i preferència abans que els cotxes, el Pastor m'ho havia deixat ben clar només sortir del bosc. Vam agafar una carretera asfaltada, una recta eterna, i els vehicles es van acumular fins l'horitzó. Clàxons i crits provenien de darrera el ramat. Ell, sense girar-se, va dir:
—Que es fotin, abans hi han passat ovelles que cotxes!
Les ovelles no trepitjaven els camps del voltant, en Colom, el gos pastor, se n'ocupava. Aquesta és la filosofia amb la que t'has d'agafar la transhumància: no hi ha res més que la carretera i les ovelles. L'home, l'animal i el camí. I en nen esperava que perquè havia anat a fer un cafè i se li havia fet tard, el deixaria passar?

—El pastor és d'una raça especial —em deia aquell home— i el pastor transhumant més! No en quedaven gaires com ell, de fet, a la comarca, era l'únic que seguia fent el viatge a peu. M'explicava que en la seva memòria hi tenia més de mil ramats fent la transhumància però que quedava tot sol.

—Si que podé hi ha més ramats que no hi havia anys enrere –comentava—, però són ramats petits de quinze o vint ovelles que netegen el pati de les cases. De ramats grans com el meu no en queden pa gaires.

Pastor
Res, jo fotia anys que no feia la transhumància, però el malparit em va convèncer per tornar-hi.

Entrevistador
Vol dir que les ovelles es quedaven a la plana?

Pastor
Redéu, com vols que s'hi quedin? Allò a l'agost està sec, per quatre ovelles encara trobes alguna cosa però per un senyor ramat, no! El que vull dir és que les pujava a muntanya amb el camió d'en Puig. Però va venir el nano aquell dient-me que si volia recuperar la tradició, que si seria bonic tornar-ho a fer, que si... Collonada rere collonada! Al principi li vaig dir que no, però després em va anar entrant un no sé què i un dia em va trucar i vaig pensar "què collons, digues que sí". I em sembla que me'n penediré tota la vida.

Miquel Quintanilla
Pare d'en Cesc
La policia havia marxat feia estona, al final no vam

posar cap denúncia, com pot suposar. La meva dona estava que es pujava per les parets, ja sap com són les dones. Trucant i trucant i trucant... I en Cesc que no donava senyals de vida. Té dona vostè?

Entrevistador
No, encara no.

Miquel Quintanilla
Bé, no passa res, encara té temps, però ha d'aprendre que la primera feina d'un home es no posar nerviosa a la seva dona perquè les conseqüències poden ser desastroses. I la segona feina és aconseguir-la calmar si la primera no l'has fet bé. Aquell dia no me n'estava sortint amb cap de les dues.

Eudald
Durant els primers quilòmetres no em sentia còmode perquè no trobava la mirada, Stronoiavsky ja ho deia "troba la mirada i veuràs el món". Quanta saviesa en tant poques paraules! Quan la vaig trobar, tot l'univers es va obrir davant meu. Em vaig col·locar entre el ramat, amb la càmera a l'alçada del llom d'una ovella. Tenia la seva visió, sempre endavant, sempre cap a l'objectiu. Vaig decidir que aquella era la mirada: no hi podia haver cap pla que anés cap enrere, cap de lateral, només em podia moure a aquella alçada i mai avançar al Pastor. Com una ovella més. Només quan li fes entrevistes podia sortir del ramat, però tot i així, les faria des d'un punt de vista baix, un contrapicat de superioritat per transmetre a l'espectador la força d'aquell home.

Pastor
    Jo el veia ajupit tota l'estona allà al mig, va parir, no esta bé del cap, vaig pensar, acabarà geperut, però ja s'ho farà! El ramat seguia ferm i mentre no m'espantés les ovelles i no em molestés massa, que fotés el que volgués. Això sí, vaig pensar que aquella nit rascaria més que un gos amb tinya de les puces que tindria al cos. Com vaig riure!

Cesc
    Tres hores em vaig passar seguint les ovelles, metre a metre. Tres hores fins que vam parar a dinar. Quan en portàvem una, en Jonson va marxar camp a través fent-me adéu amb el bombí i dient que moltes gràcies i que quan els nostres camins es tornessin a creuar "perquè segur que ho faran", em pagaria el deute. Va tenir el detall de tornar a posar el cinturó a la meva àvia i acomiadar-se també d'ella amb un "Senyora" mentre es tocava l'ala del barret.
    Veia l'Eudald caminant entre el ramat: ell, tant de ciutat, rodejat d'aquell eixam de llana. Donava la sensació que es movia pel metro en hora punta esquivant oficinistes i estudiants. Crec que fins i tot demanava disculpes si empenyia o trepitjava alguna ovella.
    Un alzinar polsós va ser la nostra parada i fonda. Després de menjar-nos uns entrepans que semblaven de goma, l'Eudald em va demanar una altra targeta.

Eudald
    Collons, si estava allà era per fer bé la feina, no per arribar tard i per deixar-se les targetes a l'altre cotxe! De veritat, començava a pensar que portar-lo no havia

sigut una bona idea. Necessitava les targetes, així que el vaig enviar a buscar-les.

PASTOR
   Semblaven dues enamorades discutint-se. "Nyi-nyi-nyi-nyi". Per mi com si es mataven, però que em deixessin dormir tranquil. Només els vaig dir una cosa: foteu el que vulgueu, però en quatre hores aixequem el campament i el meu cotxe ha d'anar davant.

CESC
   Començava a estar una mica fart de l'Eudald i no havíem acabat ni el primer dia. No és que no tingués raó, l'havia cagat, ho sé, però hi ha maneres i maneres de dir les coses. No vaig voler discutir i vaig tornar a desfer el camí.

PASTOR
   Quan el nano va haver marxat se m'acosta el de la càmera i té els ous de dir-me que, per ell, millor que el cotxe anés darrera per no sé quins collons d'històries.

EUDALD
   El que li vaig comentar d'una manera educada, era que per la mirada que li estava donant al documental, em seria molt més senzill que el cotxe anés darrera que no pas davant. Vam tenir una conversa cordial i vam acordar que el millor era que anés davant.

PASTOR
   A prendre pel sac! I aquí es va acabar la conversa.

Cesc

Amb les dificultats pròpies de qui està acostumat a noms de carrers i senyals verticals, perquè encara no s'havien democratitzat els GPS, vaig aconseguir tornar a casa del Pastor. La propietat estava en silenci fins que vaig arribar i, alguns gossos, encara lligats sota el porxo, em van donar la benvinguda amb els seus lladrucs. Potser pensaven que l'amo havia tornat, o potser, simplement, era un acte reflex per a qualsevol moviment. La dona va sortir del corral amb el seu pas coix. La filla darrera, somrient però absent.

—Que ha passat *re*? —em va preguntar amb més ganes de coneixement que no pas preocupació.

—No, és que m'he deixat unes coses al cotxe i les vinc a buscar.

—Molt bé. Vols menjar alguna cosa?

—No gràcies —vaig refusar.

—Molt bé —i van seguir amb les seves obligacions.

Maria Ollé
Filla del Pastor

Jo sí, jo vaig pensar que alguna cosa li havia passat al pare. Sí. Però el senyor bo va dir que no, que tot anava bé. Però a mi em va fer un salt el cor, de veritat. Sense el meu pare no se pa què faríem! Ell és l'home i com diu ell "has vist mai una femella sense un mascle?". Sí, l'home és molt important a una casa, per això em vaig posar tant nerviosa quan el senyor dolent li va fer tot allò al pare. Sí.

Cesc

Em vaig acostar a la tanca metàl·lica del corral per mirar com feinejaven: un munt de xais jugaven entre ells i algunes ovelles vigilaven els passos de les dues dones. Les veia transportar palla amb forques carregades a l'esquena, omplir les menjadores de gra i punxar xais amb xeringues d'un pam. Elles, de tant en tant, em miraven de cua d'ull, però bàsicament feien com si no hi fos.

—Creia que havien marxat totes les ovelles —els vaig cridar per sobre les veus dels gossos i dels bels.

—No, aquí s'han quedat els petits, les de xai i alguna que està a punt de parir. Això mai es queda buit!

—Però ara estaran més tranquil·les, suposo —els vaig dir.

—Ara no massa, estan geloses per les cries.

—Em referia a vostès dues.

—Ah, si! Tranquil·les sí, però de feina, ai Déu meu, ara és quan més en tenim! —la filla omplia els abeuradors d'aigua—. A banda de fer tot el que fem cada dia, hem d'engegar aquestes quatre per camps secs, però com a mínim no anem a toc de *pitu*.

En aquell corral la calor era sufocant degut al sostre d'uralita i a la descomposició del substrat, format per palla i merda d'ovella, i on els peus de les dones s'hi enfonsaven. Respirar aquell aire no podia ser bo. Vaig anar cap al cotxe de l'Eudald a buscar les targetes. La cobertura del mòbil va tornar i missatges i trucades perdudes van inundar l'aparell. Era el moment de parlar amb els meus pares.

7. ELS AVIS S'ENTERREN, LES ÀVIES ES CREMEN

CESC

—Hola, que m'has trucat? —vaig intentar no donar importància a les vint-i-tres trucades —, és que no hi ha

cobertura aquí a...
—Que si t'he trucat? Que si t'he trucat? Portem tot el matí amb la policia a casa i tu encara em preguntes si t'he trucat? —era ma mare.
Esperava un Francesc d'un moment a un altre. Només em diu Francesc quan està molt emprenyada. Aquell semblava el cas.
—La policia? —vaig preguntar.
—Sí, quan has agafat les cendres de l'àvia aquest matí, perquè sabem que has sigut tu, Francesc —allà estava—. Ens hem pensat que hi havia lladres. Com has pogut robar-la? No va quedar prou clar que les pujaríem nosaltres quan arribessis a dalt? Ja pots tornar!
—No.
—Com?
—Que no, que aquest viatge és perquè a ella li feia il·lusió fer-lo, no perquè la portéssim en cotxe.
Per uns moments es va quedar en silenci, sentia el meu pare que intentava calmar-la, però va tornar a carregar.
—Escolta'm bé —em va dir—, com li passi alguna cosa a les cendres no t'ho perdonaré mai, em sents?
—Sí.
—Francesc —un altre— no les perdis, no trenquis l'urna, que no se't caiguin. Les vull tal com estaven abans que les robessis. M'has entès?
—Sí.
—Què?
—Que sí, no pateixis. Per cert, no tindré cobertura i potser se m'acaba la bateria. Ens veiem el 29.
—Espero no tenir cap disgust.
—D'acord, un petó.

—Adéu.
—Adéu.

ÀVIA
PER BOCA DE LUCÍA DE DÍA
Sí que em feia il·lusió fer aquell viatge. De sempre. Quan era petita veia les ovelles arribar al poble i pensava que algun dia jo també faria la transhumància, bé, tots els nens del poble ho pensàvem, però no ho férem mai, els pares no ens deixaven.

CESC
Vaig veure la filla del Pastor remenant dins el cotxe del seu pare.
—Què hi portes en aquesta bossa? —em va preguntar.
La mare va sortir del corral.
—Nena, què fas? —vaig sentir que cridava.
—Són les cendres de la meva àvia que va morir fa poc.
La dona venia corrent cap a nosaltres tant de pressa com la seva coixesa li permetia.
—Però els morts no s'enterren?
La mare va arribar fins a nosaltres.
—Nena, no facis aquestes preguntes! —i es va girar cap a mi— Perdona-la.
—Però és que al meu avi el van enterrar en una paret amb els altres morts —la mare es balancejava sense moure els peus—. La meva àvia no ho sé, no la vaig conèixer. A les àvies se les crema i als avis se'ls enterra?

—Calla i vés a posar més palla! —li va ordenar.

—No, tranquil·la, no passa res —vaig dir en to conciliador—. A les àvies se les enterra igual que als avis, però els morts també es poden incinerar.

—I la vau cremar?

—Nena!

—Si, la vam incinerar i ara la porto de viatge al poble on va nàixer.

—Per enterrar-la.

—No, escamparem les cendres pels prats. Ella sempre em parlava del poble i de la festa que es feia quan arribaven les ovelles de la transhumància. Crec que li hauria agradat.

Em va mirar, va inclinar una mica el cap de costat i va entretancar els ulls. Després els va obrir de cop i va somriure.

—Em sembla bé —va dir i va marxar a feinejar amb les ovelles.

La mare tenia els ulls fixes en mi.

—És bonic. Gràcies.

—Per què? —vaig preguntar.

—És bonic.

Els dos ens vam quedar mirant com la nena corria intentant agafar un xai que havia de punxar.

—Li agraden les ovelles?

La mare em va explicar que no vivia per a res més, que ara es quedava trista perquè marxaven quasi totes.

—No ha anat mai amb son pare a fer la transhumància?

—No, mai.

Maria Ollé
Filla del Pastor
   Sí, jo veia com parlaven i em miraven, però no creia que en deu minuts estaria de camí a fer la transhumància amb el meu pare! Allò era el que sempre havia somiat, sí.

8. A MI SE ME'N *REFOT*

Cesc
   Durant el trajecte amb el cotxe em vaig començar a posar nerviós, no sabia com reaccionarien ni l'Eudald ni el Pastor, però ella estava eufòrica, no parava quieta: mirava, senyalava, es posava bé al seient, jugava amb el cinturó de seguretat. Crec que mai havia vist tanta felicitat en una persona, però jo no em podia treure del cap la reacció que tindrien aquells dos bojos.

Entrevistador
   I l'urna?

Cesc
   Sí, l'urna... mala decisió, però la vaig posar al maleter. Creia que no es mouria de dins la caixa de plàstic.

Maria Ollé
Filla del Pastor
   Des de ben petita, quan el pare marxava, em quedava plorant. No era tant per no veure'l en tres mesos, que també, perquè el pare és el pare, era més perquè marxaven les ovelles i no les veuria. Jo sempre volia anar amb ell, però no em deixaven. I ara hi estava anant! No m'ho podia creure.

Eudald
Jo sí que no m'ho podia creure, semblava que intentessin sabotejar-me el documental! No n'hi havia prou amb l'emprenyada del Pastor amb el Cesc pel tema del cotxe, amb que les targetes s'haguessin quedat a la casa, amb que les meves peticions per poder-me facilitar la feina no fossin escoltades. No n'hi havia prou que encara hauria d'explicar la sobtada aparició de la filla al capdavant de l'expedició. Perquè la nena no es quedaria al cotxe, no, la nena aniria al costat del seu pare. En Cesc me'ls estava inflant de valent.

Maria
El pare em va preguntar per les ovelles que s'havien quedat i jo li vaig dir que estaven bé, sí, que la mama m'havia dit que ella podia cuidar-les sola.

Cesc
No, realment no es pot dir que cap dels dos estigues content: l'Eudald remugava mentre mirava amb la càmera les targetes que havia filmat al matí i el Pastor va mostrar indiferència després de dir-li que les ovelles estarien bé.

Pastor
Bo, mentre a casa estigui tot ben cuidat, a mi tant se me'n *refot*.

Cesc
Es va posar altra vegada la boina sobre la cara i va seguir dormint. La filla es va quedar asseguda al seu costat mirant les ovelles. Jo vaig obrir el maleter i vaig veure que l'urna havia rodolat de la caixa, però sembla-

va que estava bé, l'escopeta havia fet que no es mogués gaire. L'Eudald, per la seva banda, es va treure els auriculars, va apagar la càmera i va dir que se n'anava a fer una volta.

Eudald
Necessitava desconnectar i aclarir-me les idees. Un personatge nou a meitat del primer dia? Com ho encaixaria? Havia de pensar què fer. Què faria Stronoiavsky en el meu lloc.

9. GREGOR STRONOIAVSKY

Jeremy Powel
Autor de **El documental y su oscuro mecanismo**
Gregor Stronoiavsky va nàixer als anys trenta a Txecoslovàquia. Els seus pares eren emigrants russos que havien fugit del comunisme. Durant la Segona Guerra Mundial, el seu poble va ser primer conquerit pels alemanys i posteriorment saquejat pels russos. De sempre va estar obsessionat amb el que va veure aquells dies de la seva infantesa i estava convençut que pels voltants hi havia una fossa comuna.

François Taverniere
Director del festival **Document the Underworld**
Jo crec que aquell va ser l'incident desencadenant de tota la seva passió pel documental, o potser obsessió seria una paraula més adequada. Volia demostrar les seves teories i no va parar fins a trobar la fossa i documentar la consternació del poble a *The death feed*

us (Los muertos nos dan de comer). Aquest va ser el seu gran salt a la fama.

Jeremy Powel
Tot va ser molt casual: mentre un pagès llaurava un dels camps, va picar amb el que es pensava que era una pedra però va resultar ser un os, un os humà, i després d'aquest en van anar apareixent més, i també cranis amb forats de bala. Era la fossa que feia tants anys que buscava.

José Enrique Manrique
President de L'Associació de Crítics del Documental Pur (ACDP)
I ell estava allà amb la càmera.

Jeremy Powel
És un documental fantàstic, ple d'amor, d'humanitat en estat pur. Records dels vells, històries pels més joves. Un retrat meravellós d'un fet terrible. I el títol... Aquells morts havien fertilitzat la terra que havia donat de menjar a tot el poble. És un canibalisme involuntari, és un poema en si mateix, els avantpassats donant l'aliment als seus descendents, una última herència.

François Taverniere
Té una mirada fresca, sap estar sempre al lloc oportú en el moment adequat. Juga amb la càmera com si fos un personatge més, s'instal·la dins l'acció i es mou com un membre més de la comunitat.

Jeremy Powel
Va ser un gran èxit, crec que ni ell mateix s'ho esperava. I aquest va ser el problema.

François Taverniere
Historiadors, documentalistes, morbosos... tots peregrinaven cap a aquell petit poble txec. Feien preguntes, investigaven, volien veure el lloc, les restes. Tot. I les coses van començar a no quadrar.

Jeremy Powel
Aquell mateix camp s'havia llaurat mil vegades i mai havien trobat res.

José Enrique Manrique
Molta casualitat que el mateix any que apareix la fossa, ell estigués fent un documental sobre la sembra.

Jeremy Powel
El problema és que els científics van fer una sèrie d'anàlisis i van determinar que aquelles restes no concordaven amb la ubicació en la que es trobaven, és a dir, que algú les havia portat fins allà, però no es va poder determinar quan ni des d'on.

François Taverniere
La llegenda diu que l'any anterior, quan es va acabar la recollida del gra, Stronoiavsky va enterrar els esquelets al camp perquè els trobessin en la sembra de l'any següent i poder filmar les reaccions de la gent.

Jeremy Powel
Hi ha fonts que asseguren que va traslladar els esquelets d'una altra fossa, però mai s'ha pogut saber de quina. De fet no s'ha pogut demostrar res del cert. S'especula que ho explica a la carta que escriu en la seva última pel·lícula, però misteriosament, va desaparèixer.

François Taverniere
Ah, sí, la misteriosa carta... alguns diuen que no escriu res, els seus seguidors asseguren que és el seu decàleg i que quan arribi l'escollit el decàleg apareixerà, els seus detractors simplement opinen que explica tots els seus crims per expiar els seus pecats, però ningú ho sap perquè ningú coneix on està ni si encara existeix. És igual, el cas és que quan el possible frau de la fossa va sortir a la llum, va passar de la glòria a ser titllat de boig, de necròfil, de sàdic, de no sé quantes coses més i els puristes del documental se li van tirar al coll.

José Enrique Manrique
Allò, perquè no sé com descriure-ho, és una aberració fílmica i, fins i tot, humana. Fer patir d'aquella manera els seus veïns, fins i tot familiars, per extreure'n una peça per fer-se famós. Allò no té nom.

François Taverniere
Però per altra banda, va crear una escola, sense masses adeptes però tots ells molt militants. Un dels màxims representants, sens dubte, és l'Eudald Massagué.

Eudald
Stronoiavsky buscava la reacció, no el fet en si. El fet era fals? Potser. Pot ser que encara hi hagi una fossa amagada que ningú hagi trobat? Sí. Les reaccions serien les que veiem en el documental? Absolutament. Per tant, allò és realitat? Sí. És documental? Per descomptat. De què serveixen els documentals d'entrevistes on parlen del dia que es va trobar una fossa? Què recorda? Com va ser? Què feia la gent? Com van reaccionar? Després del documental de Gregor Stronoiavsky totes aquestes

preguntes no tenen sentit. Vols saber com és trobar una fossa comuna? Mira el documental i ho sabràs.

FRANÇOIS TAVERNIERE
L'Eudald Massagué és un provocador en estat pur. I quan dic provocador no em refereixo només en la relació amb el públic, em refereixo també a un provocador de situacions. Recordo el seu documental Una jauría de perros locos en la que va pagar a una banda de trinxeraires perquè atemorissin un barri de la part alta d'una ciutat... Bé, això és el que es diu, com a bon deixeble de Stronoiavsky, mai s'ha pogut demostrar. Sempre estem pendents de la seva feina. És un AUTOR en majúscules, busca sempre un nou enfocament de tot.

JEREMY POWEL
Jo crec que és el màxim exponent de la línia que va marcar Stronoiavsky, ja no només al seu país, sinó a nivell mundial. Viu pel documental, per la realitat, tot i que sigui provocada per ell, fins i tot crec que, igual que el seu mestre, moriria per aquest ideal.

JAUME TERRADELLES
PROFESSOR DE DIRECCIÓ DE DOCUMENTALS
A mi, sincerament, l'Eudald em feia una mica de por. Era un nano obsessionat, capaç de tot per treure un seqüència colpidora. Recordo una pràctica que em va presentar a tercer curs de carrera on seguia l'evolució de la seva mare a l'hospital mentre es recuperava d'un accident de cotxe en el que quasi es queda en cadira de rodes. Era espectacular: el llit, la recuperació, fisioterapeutes, exercicis,... De tot.

Eudald
Aquell va ser un documental molt dur de fer. Veure la meva mare en aquella situació em va costar molt, però crec que allò em va endurir per poder fer tot el que he fet després.

Jaume Terradelles
Pels passadissos em vaig assabentar, saps aquelles coses que sents quan passes i fas veure que no escoltes les converses dels alumnes? Doncs això, que l'accident l'havia provocat ell. Mai vaig saber exactament què va fer ni com, vaig preferir no preguntar, però ja et dic que a partir d'aquell moment vaig ser incapaç de mirar-lo als ulls.

Cesc
No, jo d'això no en sé res. Sí que corria el rumor per la universitat, però no vaig creure necessari preguntar-li a l'Eudald, el veia completament incapaç de fer-ho.

Entrevistador
I ara, després de tot el que vas veure, què creus?

Cesc
Ara ja no estic segur de res.

Eudald
El documental era veritat en estat pur. És tot el que importa.

Entrevistador
Però vas provocar l'accident?

Eudald
És tot el que importa! Com deia Stronoiavsky "Si la veritat es mostra, no importen les causes".

10. AL FINAL VA VEURE QUE LA SEVA VIDA HAVIA SÉT UNA MERDA

Cesc
Quedava mitja hora per marxar, sense ningú amb qui parlar ni amb prou temps per dormir, vaig decidir mirar què havia filmat l'Eudald.

PLAY
Pla mig del Pastor ajagut en un marge recolzat sobre el braç esquerre. Primer preguntes banals per entrar en calor: on estem?, com ha anat el dia?, com estan les ovelles? Seguim el ritme esperat?, i després l'Eudald entra a fons:

Eudald
En què treballaries si no haguessis sigut Pastor?

Pastor
Bo, no ho sé pa. *Matarifa*, suposo.

Eudald
Matarifa?

Pastor
Si home, en un escorxador! Però a mi això ja

em ve de família. El meu tio, jo ho vaig aprendre tot d'ell, era una ovella més del ramat: si les ovelles es quedaven en un prat, ell es quedava al prat, si es quedaven en un marge, ell al marge. Només menjava llonganissa i bevia vi, i va morir que tenia cent-dos anys. Em sembla que va ser l'única nit que va dormir en un llit! I allà em va dir: quan siguis gran no vulguis pa ser com jo.
Ell ja ho sabia que la seva vida havia *sét* una merda (riu).

Eudald
Per tant, al final, va veure que no havia sigut feliç!

Pastor
No ho sé... A mi no m'agradava d'anar a estudi i el meu pare me deia "quan siguis gran te'n penediràs" però no me n'he penedit mai. Això té més estudi que un *abogat*!

Eudald
Així creus que ets feliç?

Pastor
Això de la felicitat jo crec que ve de la mateixa persona: hi ha gent que rosegant un *palillo* és feliç i un altre que amb un entrecot no ho serà. Hi ha persona que viurà infeliç i morirà infeliç per més que tingui. Jo mateix he fet el que he fet, però he sigut una persona molt feliç!

Eudald
I què fas per divertir-te?

Pastor
Per mi engegar és fer festa: seus aquí, vigiles si en pareix alguna, passa un per xerrar una estona, i re. Abans, que ara ja m'ho he deixat molt, quan plegava m'agradava anar al bar a fer conversa amb quatre pastors, però des que ja no en queden, no val ni la pena.

Eudald
I la transhumància?

Pastor
Això és festa major! A mi no em busqueu en batejos ni casaments, allà si que ho passo malament. Ni en excursions de vells. La feina no hi entén d'aquestes coses. La meva dona, que és força de pagès, em diu que no la trec mai enlloc, que m'estimo més una ovella que a ella i jo ja li dic, que una ovella em porta un rendiment, ella només *gastos*! (riu)

STOP

El sol havia començat el seu descens i el Pastor es va despertar. No sabia que fos calb, però sense la boina, la pell cranial blanca contrastava amb la cara castigada pel fred i el sol. L'Eudald va tornar del seu passeig.

Eudald
Vaig reflexionar molt, i moltes idees em van passar pel cap. La majoria les vaig descartar perquè comporta-

ven fer... Com t'ho diria? Fer desaparèixer la nena, però em semblava excessiu. A part, no tenia temps de pensar com fer-ho i també vaig suposar que a son pare no li faria gràcia i que potser se'm posava de cul, per tant vaig decidir permetre'm la llicència de ficcionar. M'hi vaig veure obligat. Per primera i única vegada a la meva vida vaig ficcionar la realitat, no em va quedar més opció si volia explicar aquella història. Crec que Stronoiavsky hi hauria estat d'acord. Això sí, hauria d'instruir bé a la *tonta* perquè com a mínim fes bé el seu paper. En aquells moments no vaig pensar en la força que tindria un canvi generacional.

Cesc
Li vaig tornar la càmera i li vaig dir que tenia bon material.
—Aquest home és una mina! Però hi ha poc conflicte —i em va agafar la càmera i va comprovar que l'hagués deixat just al final de les imatges—. Em refereixo al documental, perquè tu me n'estàs generant masses! Tens les targetes?
—Estan al maleter.
—A partir d'ara, quan paris, amaga el cotxe, no vull que aparegui a cada revolt.
—Faré el que pugui.
—No, faràs més —i va començar a recollir les seves coses.
L'Eudald va anar a parlar amb la filla del Pastor que seguia asseguda al costat de son pare.

Eudald
La vaig portar a un racó de l'alzinar i li vaig explicar la situació: ella no podia aparèixer del res, havíem de

fer alguna cosa perquè el públic sabés d'on havia sortit. Maleit Cesc, hòstia puta, quin problema em va fotre a sobre. La neurona de la nena estava saturada.

Maria
Em va dir que sortís corrent d'entre els arbres, que abracés a mon pare i digués que m'havia escapat de casa per anar amb ell a la transhumància. No sé perquè, jo ja estava allà feia estona, però vaig pensar que si el senyor volia que ho fes deuria ser per alguna cosa, tot i que no ho entenia massa.

Pastor
Jo m'estava despertant i de cop, la meva filla ve i se'm tira a sobre. Collons nena! Que si m'he escapat de casa, que si vull fer la transhumància, que si papa, que si papa...

Cesc
Aquella nena no tenia pràctica abraçant d'aquella manera al seu pare i el Pastor no sabia què fer ni on posar els braços. Suposo que a l'Eudald li va servir com a realitat i vam poder seguir el viatge.

El Colom va fer sortir les ovelles d'entre les alzines i el Pastor em va fer el crit que m'indicava que el viatge continuava. Vaig tornar a posar el cinturó a l'àvia i vaig tirar un quilòmetre més. Pel retrovisor vaig veure l'estampa de pare i filla capitanejant el ramat, cada un amb el seu bastó: el d'ell fins a cintura, el d'ella llarg com de peregrí. L'Eudald, camuflant-se entre les ovelles, em deia amb la mà que tirés ràpid amunt.

Sobre les set de la tarda vam arribar al lloc on passaríem la nit. Era un descampat ballat amb filferro d'espines amb quatre arbres que el rodejaven. La filla del Pastor havia seguit el ritme de les ovelles tota la tarda i jo m'havia avorrit i havia matat el temps parlant amb la meva àvia.

Àvia

Per boca de Lucía de Día

No sé si pensava que li contestaria, però em reconfortava que pensés en mi. Li notava culpa: que si això no és el que havia previst, que si m'hauria agradat caminar amb tu, que si... Tot de remordiments però ni un sol gest per arreglar les coses.

Eudald

En els documentals, com en la vida, les sorpreses destorben, però si les saps jugar, donen un punt d'espontaneïtat que no està gens malament. Jo pensava que un cop a lloc, podria parar la càmera, però va aparèixer el propietari dels terrenys en un tractor vermell atrotinat. Era amic del Pastor.

Joan Coromines

Propietari dels terrenys

Jo no em consideraria amic seu, quan venia cada any m'anava bé perquè m'estalviava de treure les males herbes, era una cosa d'interès mutu. Ara que feia anys que no pujava hi havia perdut completament el contacte fins que em va trucar i jo li vaig dir "però per què caram ho tornes a fer?" I ell em va dir que perquè li sortia dels collons. Però després, quan vaig veure les càmeres, vaig entendre que era per sentir-se important, com sempre.

PASTOR
La gent de camp ens fem de seguida tot i que l'altre sigui un malparit. Tenim interessos comuns i això et dona temes de conversa encara que no vulguis.

EUDALD
Van parlar de la pluja, de la calor, del temps que feia que no es veien. També van mencionar que l'última vegada que es va quedar, al matí es van trobar una ovella enganxada en el filferro de pues.

PASTOR
Jo creia que aquella no se'n sortia. Va quedar enganxada pel braguer i el tenia tot ben estripat. Li vaig cardar uns punts i vaig pensar que allò se li infectaria i l'hauria de matar a mig camí. Però la molt puta va arribar a dalt i encara em va donar de mamar a algun xai!

MARIA
Sí, amb la mare li dèiem la Cocos perquè li va quedar tot amb una forma molt rara, com dos cocos penjant.

CESC
Encara crec que aquella conversa li va donar alguna idea a l'Eudald.

ENTREVISTADOR
A què et refereixes? A l'ovella morta del matí següent?

Cesc
Sí, però és igual, millor t'explico el sopar. Et sembla?

Entrevistador
Endavant.

11. VOLS GUERRA MOSSA?

Cesc
Amb el ramat tancat, el Pastor ens va dir que anàvem a sopar calent.
—I les ovelles? —li va preguntar l'Eudald.
—Què els hi passa?
—Es queden aquí?
—No, les portem a sopar amb nosaltres, no et fot. No siguis imbècil! No es mouran pa, tranquil, i per si alguna es torna rebel, deixem la nena que les cuida.
Em va dir que anés engegant el cotxe i que posés el cendrer al maleter perquè no el volia veure. Aquesta vegada vaig fixar bé l'urna amb la corda i la targeta americana. Li vaig preguntar per la filla, per si ella no sopava.
—Ja li portarem alguna cosa —i va pujar al cotxe mentre ella, dreta, es quedava amb la barbeta recolzada sobre el bastó i mirant les ovelles.

Maria
A mi m'agraden els bastons llargs, sí, que m'arribin just a l'alçada de les espatlles perquè així puc recolzar el cap estant dreta. Al pare no. El pare porta un de curt acabat amb corba.

PASTOR
No és que m'agradi més, és que són més útils! Et serveixen tant per recolzar-te com per si has d'agafar alguna ovella pel coll. Però això va a gustos. També pots enganxar malparits.

CESC
Fent enrere pel camí per on havíem arribat, i desxifrant alguns crits que volien ser indicacions, vam trobar un altre poble i un altre bar obert, no on havia conegut la Sònia. El terra brut, les taules de marbre amb potes de màquina de cosir i alguns parroquians amb el colze sobre la barra fent la copa al gust. Ja em sentia més a casa.
—L'ambient no és *re* de l'altre món, però foten bona carn —ens va explicar mentre sèiem en un racó.
La mestressa va venir a prendre nota. El Pastor no la mirava, ella el mirava amb ràbia. Sense donar-nos temps ni a escoltar que tenien al menú i molt menys de pensar què volíem, el Pastor va demanar per a tots: botifarra amb seques, un sopar lleuger ideal per dormir sota el cel.
—I porta el porró —va remugar.
—Sí, sobretot, això que no falti —va respondre la dona amb sorna.
Per primera vegada les seves mirades es van creuar. Els ulls del Pastor eren freds i durs, els d'ella es van encongir i va apartar-los cap a nosaltres. Vaig demanar-li una cervesa per fer baixar la calor de tot el dia i va marxar cap a la cuina.

EUDALD
L'ambient es podia tallar amb un ganivet. Allò sí que

tenia un documental! I jo havia deixat la càmera al cotxe. Només resava perquè ningú me la robés.

Entrevistador
Però estàveu al mig del no res, qui volies que te la robés?

Eudald
Mira noi, quan alguna cosa comença malament, com aquest documental, només pots esperar que vagi a pitjor.

Cesc
L'Eudald i el Pastor parlaven del que els esperava l'endemà i del viatge en general. No els escoltava, jo ja sabia què em tocaria fer. El que sí que em va quedar clar és que, l'últim dia, quan veiessin l'antena i el fred es comencés a notar amb força, ja només quedaria una pujada. Em va sorprendre perquè la meva àvia no m'havia parlat mai de cap antena. Vaig suposar que la deurien instal·lar més tard, quan ella ja havia marxat.
Mentre gaudia de la cervesa després d'un dia massa llarg per al meu gust, només pensava en la nit al ras que passaríem i amb les pastilles per dormir de la meva mare. De fons sentia crítiques provinents de la barra sobre els últims fitxatges; la tele encesa arrodonia la cacofonia explicant les revoltes del món i la política nacional.
La mestressa va llençar els plats sobre la taula i em va treure del meu èxtasi.
—I el porró pel senyor —va dir afegint més odi a l'ambient.

PASTOR
La cambrera, ai... Per quatre *piropos* que li vaig tirar un dia i encara no m'ha perdonat. Hi ha dones que no saben acceptar compliments. No vull pensar que faria amb una crítica o si li hagués dit que la botifarra estava cremada o les mongetes sense sal!

MESTRESSA
Piropos? Compliments? Aquell malparit em va arraconar al magatzem i si no hagués sigut pel cuiner, m'hauria violat allà mateix, el molt fill de puta. Anava torrat, com sempre, i ara va de bo? Per mi com si es podreix a l'infern que és el que li toca. Pobre dona seva, o és retardada o no vol saber el que té a casa.

MARIA
Jo estava atenta a les ovelles, sí. Dormien i en Colom també. Sabeu, el pare em va explicar que hi ha dos tipus de gossos Pastor: un que viuen amb les ovelles i els altres que les controlen.

JOSEP DALMAU
AUTOR DEL LLIBRE **PASTORS I ALTRES ANIMALS**
Per la Cerdanya hi havia un mastí, amb la cara marcada per mil cicatrius, que crec que havia matat més llops que qualsevol caçador de la zona. Tots els pastors volien creuar les seves gosses amb aquella bèstia, i ja us dic que el pastor s'ho feia pagar car... Però aquest mateix animal, el veies al mig de les ovelles, jugant amb els xais, deixant que li saltessin a sobre, estirat panxa amunt,... Era un més del ramat i el protegia amb la seva vida. Aquest són els gossos que ja no fan falta perquè no queden llops. Ara només et

fan falta els gossos policia, que són una extensió del garrot del pastor.

Maria Ollé
Si, en Colom és policia. Mentre totes siguin bones, ell no farà res. Això sí, mai pot mossegar una ovella però elles han de pensar que sí. Si ho fes l'hauríem de matar. Però en Colom és bo. I també ens protegeix a nosaltres, si vingués algú a fer-nos mal, a aquest sí que el mossegaria.

Cesc
La botifarra era correcta, l'all i oli fort, com ha de ser. El silenci es va fer a la taula mentre el Pastor devorava la botifarra amb els dits i menjava les mongetes amb cullera, agafant el mànec amb tota la mà i amb el dit gros per sobre molt a prop de la punta. Se li notava l'escola de pago...

Pastor
Allò sí que era vi! El vi l'has de notar. Un bon vi de bota, no aquestes coses dels que ara creuen que hi entenen i es gasten fortunes en una ampolla. El vi a granel i en porró.

Cesc
Boníssim era poc... Et netejava per dins! El primer porró t'encetava l'esòfag de tant que rascava. El segon va entrar una mica millor i vaig començar a pensar que les pastilles potser no em farien falta aquella nit.

EUDALD
Jo no vaig beure, o si que bevia, però bevia aigua: les seques eren seques i amb alguna cosa s'havien de fer baixar. La botifarra ni me la vaig acabar.

CESC
El tercer porró va arribar amb les postres i amb el cinquè glop em vaig fer amic del Pastor.
—*Maco* això que fas amb la teva àvia! —em va dir.
—Gràcies. La coneixies?
—Saps, jo no la recordo, deuria ser un marrec encara quan ella va marxar del poble, i ja no hi era quan m'hi vaig començar a quedar als estius amb les ovelles, però he sentit dir que era molt guapa, que tots els hereus anaven darrera seu, però que un pagès de ciutat se la va emportar. El meu tio m'ho explicava, em deia que ho deien, perquè a ell mai se li va conèixer dona! Potser li agradaven més les ovelles!
—És cert el que expliquen? Que us feu les ovelles?
—N'hi ha que si! Oi tant! Pensa que al prat passes moltes hores sol.
—I tu? —vaig preguntar.
—Jo tinc la sort que engego pel costat de la carretera i sempre tinc alguna puta a mà! Un dia li vaig dir a una Quan em cobres? I ella va dir "trenta", i jo li vaig dir Te'n pago cinquanta si m'ho deixes fer sense preservatiu i contra aquell arbre.
—I què?
—Collons, aquestes meuques, per calers, fan el que sigui.

EUDALD
Jo sentia la conversa que tenien aquells dos i no en

donava crèdit. De voler-lo matar per allò del cotxe, a íntims en tres porrons. També vaig pensar que aquella puta deuria anar molt desesperada per fer-se el Pastor. A cada paraula li sortia saliva de les dents negres i l'olor de l'all no podia emmascarar la seva pudor.
—*I do* —va exclamar—, ara un aniset aniria bé, oi?
—Per mi millor un orujo d'herbes —va contestar en Cesc que tampoc en té mai prou.
—I tu, senyor de la càmera? Tu què vols?
—Res, gràcies.
Però no em va fer cas. "Dos anisets i un orujo d'herbes, nena", va cridar a la mestressa que ens observava des de darrera el taulell.
Quan rodo no bec, de fet, no bec quasi mai, m'atordeix les idees i necessito estar sempre despert. Mai saps quan una història et pot caure davant dels nassos. Però aquella nit no sé què em va passar, no sé com vaig acabar tal com vaig acabar.

Cesc

El Pastor va anar a "canviar l'aigua de les olives" i les copes van arribar quan ell encara no havia sortit. Vaig pensar que sí, que per seguretat, millor no prendre'm cap pastilla

Instruccions d'us: no barrejar amb alcohol.

—Mestressa —va dir l'Eudald— no sou massa amiga del Pastor, oi?
Ella se'l va mirar amb ràbia.
—I vosaltres tampoc ho hauríeu de ser, és mala gent.
—Per què?

El Pastor va sortir del servei i ella no va contestar. L'Eudald, per canviar de tema, li va dir si li podia embolicar la botifarra que li havia sobrat per donar-li al Colom. Em va semblar un detall estrany en ell, però tampoc en vaig fer massa cas. En una estona la tenia embolicada en paper d'alumini sobre la taula i se la va guardar.

Eudald
Abans de llençar-la... A l'Àfrica hi ha molts nens que passen gana!

Cesc
Sí, ja...

Eudald
Quan va arribar a la taula, el Pastor va intentar tocar el cul a la dona, però ella, amb un moviment pelvià estudiat, una mirada desafiant i una corredissa fins a darrera la barra, va aconseguir evitar-ho.

Cesc
Les copes van tenir una durada desigual: a l'Eudald se li va fer llarga, al Pastor curta i jo intentava seguir un ritme intermedi. A la segona ronda, ens vam quedar sols el Pastor i jo.
—I do, ja no en vols més? —va crida més que preguntar a l'Eudald.
—No, que si no demà no enfocaré.
—*Maricona*.
El meu estat començava a ser deplorable, però el del Pastor era pitjor. L'Eudald, amb bon criteri, va decidir

portar el cotxe. El Pastor es va estirar darrera, va arrencar l'urna del maleter i la va utilitzar de coixí. Després hi va parlar.

—Hola mossa, que vols guerra?

I se la va posar sobre el paquet fent veure que se la follava. Vaig treure'm el cinturó de seguretat i li vaig agafar de les mans.

—Si només ens estàvem divertint! —va dir.

—Doncs diverteix-te sol —vaig contestar mentre abraçava a la meva àvia.

L'avorriment el va fer cantar i vam tenir serenata.

Àvia
Per boca de Lucía de Día
Diria que aquell home és un porc, però crec que seria faltar-li al respecte als porcs. Ah! I no van portar sopar per a la seva filla.

Maria
És igual, tampoc tenia gana.

Eudald
Un cop a lloc no podia dormir donant voltes al que m'esperava al dia següent, a les imatges que havia filmat, a les entrevistes,... Però sobretot a conflictes que havia de generar perquè aquella història funcionés. Era plana, avorrida. Havia de crear situacions emocionants, que se sortissin de l'habitualitat, que donessin dramatisme. Res que no pogués passar en aquell viatge, però simplement me n'havia d'assegurar que passessin. També havia de descansar, així que li vaig demanar a en Cesc els somnífers, vaig pensar que un no em faria cap mal.

Cesc
   Jo simplement donava voltes intentant que la resta del món ho deixés de fer. Tot i això, alguna copa més no m'hauria anat malament per conciliar el son, per caure inconscient, perquè, et seré poètic per no dir que dormir a terra és una merda: les estrelles del cel no eren res en comparació amb les galàxies d'arrels i pedres que se'm clavaven a l'esquena. Li vaig donar els somnífers a l'Eudald i vaig intentar dormir.

Eudald
   El Pastor roncava, la filla feia hores que descansava i a mi aquella pastilla no em feia res, així que em vaig aixecar a donar una volta i a donar-li la botifarra al Colom.

Pastor
   Jo dormia, i quan dormo, dormo, no vaig sentir res. Fins al matí no ho vaig veure.

Maria
   Jo sí, sí que vaig sentir alguna cosa, però com que el pare no es movia vaig pensar que era normal. El Colom tampoc deia res, per tant vaig creure que eren imaginacions meves. No havia passat mai una nit amb el ramat, però me n'havia d'haver adonat que alguna cosa no anava bé, sí.

Entrevistador
   A què et refereixes?

MARIA
No ho sé, jo crec que va ser el senyor dolent, sí, però no ho sé, no ho sé, el pare diu que aquestes coses a vegades passen.

ÀVIA
Quin cop em va donar! Pensava que m'escampava tota pel prat! Però no, només em vaig escantonar una mica. Aquell nano va arribar molt nerviós.

CESC
Vaig sentir el crac de l'urna, però no li vaig donar importància. No fins que vaig veure la cara de l'Eudald massa a prop de la meva. Estava excitadíssim, suava. Primer vaig pensar que era perquè havia tombat l'urna i jo li vaig dir tranquil que no passava res, que estava bé, però després vaig veure que no, que hi havia alguna cosa més.

EUDALD
Suposo que deuria ser el passeig i el cansament de tot el dia. Però no, jo no diria nerviós ni excitat. Potser sí que suava, però era una nit bastant càlida i humida. Vaig anar a veure en Cesc perquè sabia que tampoc dormiria i jo, per seguir tota la nit donant voltes, preferia anar a algun lloc a fer una mica de temps. Li vaig preguntar si coneixia alguna cosa per allà per anar a fer una copa.

CESC
De fet em va dir que necessitava una copa. No sé

si es pensava que jo era una enciclopèdia de bars i li vaig dir que on es pensava que estàvem, però llavors vaig creure que potser era bon moment per tornar-me a perdre. Les cendres les vaig deixar allà, no volia que altra vegada sospités de mi.

12. AIXECANT LA FALDILLA A LA LLUNA: EUDALD

En Cesc semblava molt segur d'on anava, però les seves indicacions no eren tant clares i no les expressava amb tanta antelació com un podria desitjar. Ens vam saltar més d'un creuament perquè els seus reflexes eren molt lents, suposo que degut a l'alcohol. Finalment vam aconseguir arribar a lloc. I quin lloc! El malparit m'havia portat a una casa de putes! Jo no havia entrat mai en cap, sóc més de cafeteries o, si hi ha actuacions en directe, de clubs de jazz on pots tastar deliciosos whiskys i escoltar bona música. Ell semblava que s'ho coneixia, va parlar amb el cambrer i li va preguntar per no sé qui. No hi vaig parar massa atenció.

Naturalment, allà tot l'alcohol era de garrafa. Cap escocès, ni tan sols un trist bourbon, així que em vaig demanar un JB amb gel que era l'única marca que em sonava una mica, però allò de whisky té el mateix que jo director artístic.

Vaig repassar el local: quatre perdedors borratxos i tres putes amb els pits caiguts i el maquillatge corregut. No hi estava gens còmode, no m'agradava ni el lloc ni l'ambient. En Cesc va tornar amb una cervesa i, a falta de res millor, vaig decidir parlar amb ell.

Vam començar a recordar els anys d'universitat, les pràctiques que hi fèiem. Ell un dia en va fer una d'un ximpanzé decrèpit que estava en un zoo de poble. L'única companyia que tenia era el seu cuidador i l'havia agafat com a part de la seva família perquè no hi havia cap altre mono per allà. Treia els dits entre els barrots i li tocava el braç com si el desparasités. L'home deia que això és el que es fan entre ells. Era patètic. Visualment no estava malament, però la temàtica... Per favor, no hi havia per on agafar-ho. En Cesc sempre ha sigut molt sentimental, però creure que la solitud d'aquell animal transcendiria més enllà de la pantalla i del seu cervell? Això és no entendre com funciona l'esperit humà.

Un tema va derivar cap a un altre i vam acabar parlant de com vaig engrescar-lo per fer el documental sobre la transhumància. Vam recordar la nit en que em va explicar que volia portar les cendres de la seva àvia morta al poble on va nàixer. Que ella sempre li parlava de quan les ovelles arribaven a principis d'estiu i al poble es feia una gran festa. Que tots els nens baixaven correns la muntanya i feien l'última pujada amb el ramat. Ja us ho he dit: un romàntic.

També em va explicar que havia investigat i que el Pastor ja ho feia en camió, així que s'estava plantejant fer el mateix camí ell sol, o com a mínim l'últim tros. A mi em va agradar la idea i em vaig posar a investigar. Vaig trobar el Pastor i el vaig convèncer perquè ho fes un últim any a peu. Després hi va haver el merder de les cendres i els seus pares i demés.

Crec que aquí, més o menys, ens va interrompre una

de les putes. Diria que es coneixien amb el Cesc perquè es van saludar efusivament. Jo em vaig demanar una altre whisky amb gel perquè el que tenia ja era tot aigua. No sé quantes cerveses es va beure mentre van estar xerrant, però va ser una estona llarga. Jo vaig decidir apartar-me una mica i anar a seure en uns sofàs que hi havia en un racó per pensar i aclarir-me les idees. Crec que estava agafant alguna al·lèrgia perquè em picava tot el cos. Ells van desaparèixer, suposo que deurien estar cardant, no li he preguntat mai, però ho suposo. No em pensava que al Cesc li agradés això d'anar de putes. Jo per follar no he pagat ni pagaré mai, i mira que aquella nit dues de les meuques ho van intentar! Però me les vaig treure de sobre amb tota l'educació que vaig poder.

Al cap d'una hora, vaig decidir sortir a fora a prendre l'aire i esperar que en Cesc acabés. Crec que la cosa aquella que m'havia begut no em va caure bé, de fet, va ser el gran problema al matí següent. Vaig avisar el noi de la barra que si veia al meu company li digués que estava fora i vaig esperar molta estona, tanta que si no fos perquè el necessitava per conduir, l'hauria deixat allà.

Quan va sortir, vaig veure que anava una mica més espavilat que quan havíem arribat. L'exercici i descarregar li devia haver anat bé. Com que jo tenia l'estómac una mica remogut pel mata-rates que m'havien servit i de controls d'alcoholèmia no creia que n'hi haguessin, li vaig dir que portés el cotxe. A part, amb l'emprenyada que portava amb ell, era millor que no conduís jo. El trajecte va ser etern, crec que es va perdre més d'una vegada tot i que ell no m'ho va reconèixer. Jo volia arribar per filmar el despertar i veia que el sol estava sortint, i ell tranquil, taral·lejant aquella puta cançoneta.

13. AIXECANT LA FALDILLA A LA LLUNA: CESC

L'Eudald portava el cotxe com un boig, jo li deia que frenés, que de nit i per aquells mons de Déu em costava orientar-me i, que si més no, frenés una mica per no matar-nos. I ell que no, que anava a bona velocitat i que era el meu cervell el que anava lent. Vaig mirar el panell de control i segueixo creient que a vuitanta per aquells camins, era excessiu.

En contra de totes les prediccions, vam arribar sans i estalvis a L'hotel a hores del consol dels Pastors. Vaig preguntar al cambrer per la Sònia i em va comentar que estava amb un client però que si volia li deia alguna cosa quan acabés. Li vaig dir que sí, però quan em va preguntar com em deia, me'n vaig adonar que no li havia dit el meu nom. Em vaig quedar un moment en silenci i finalment vaig respondre que li digués que havia decidit tornar-me a perdre, que ella ja sabria de què anava. El noi em va mirar estranyat però va fer que sí amb el cap. El cas és que no n'estava segur que sabés qui era, però en tenia l'esperança. Sobre la registradora hi vaig veure una de les papallones d'en Jonson.

Amb el minut que va durar aquella conversa, l'Eudald s'havia fotut entre pit i esquena dos whiskys i estava demanant el tercer. Mai l'havia vist beure així, o potser sí, quan anàvem a la universitat i les copes s'allargaven fins a l'esmorzar del dia següent abans d'anar a la classe de les vuit del matí. Potser per això vam sortir a parlar dels treballs que fèiem allà. Vam recordar un dia que ens va fer uns carnets falsos d'un programa de televisió infantil perquè li deixessin rodar en un vaixell pesquer. Volia captar el patiment de la gent del mar, la duresa del treball per guanyar-se el sou, la sal, les onades, la mort per la vida. Aquestes palles mentals que sempre s'ha fet. No li va quedar gens malament, la veritat, però els pobres pescadors es deurien empassar tot un programa de nens per veure que no sortien. L'Eudald és així.

També vam parlar d'aquell viatge en que estàvem: ell no era conscient que me l'hagués robat. Jo volia fer-lo, i l'hauria fet amb o sense la seva participació. El cas és que no li vaig proposar, simplement li vaig explicar el que volia fer, però ell va començar a moure fils: va convèncer el Pastor perquè tornés a pujar i va organitzar-ho tot per poder fer un documental. Jo em vaig emocionar, pensava que aniria sobre el viatge de les cendres, sobre la mort, aprofitant la transhumància, és un tema que a ell li escau bastant. Però no, em va dir que el volia fer sobre les tradicions perdudes i la lluita del progrés contra la natura i que si volia podia fer el viatge amb ells. Fer el viatge amb ells! Però si li havia descobert jo! Em sentia com un putxinel·li a les seves mans. Quan finalment vaig accedir, els meus pares em van prohibir portar les cendres perquè deien que no se'n fiaven de mi. Mai he entès aquest canvi de parer. En un primer moment ho vaig acceptar si me les deixaven per fer l'última pujada amb els nens, però al final, bé, ja saps el que vaig fer al final.

La Sònia se'm va apropar per darrera, com en aquella cançó del Sabina, i em va dir a cau d'orella que s'alegrava de que hagués decidit tornar-me a perdre. Em va fer dos petons i em va deixar clar des del primer moment que havia acabat el seu torn. Naturalment vaig entendre el que volia dir: que no busqués res aquella nit. Jo li vaig contestar que millor, que així podríem fer una copa gaudint de bona companyia. Tenia la sensació que connectaríem, i així va ser. L'Eudald es va quedar al marge fins que va decidir anar-se'n amb una altra copa cap als sofàs. Quan no es parla de temes que ell domina, bàsicament cinema, se sent desplaçat i calla, intenta canviar el tema o desapareix.

Un borratxo se'ns va acostar, o millor dit, se li va acostar a la Sònia i ella se'l va treure de sobre, primer amb bones maneres i després cridant al cambrer perquè el fes fora del local. Ho va fer sense masses miraments: es veu que també s'ocupava de la seguretat de les noies.

"Anem a un reservat que estarem més tranquils", em va dir ella, i va fer un senyal a dues companyes seves perquè estiguessin pendents de l'Eudald, que seguia al sofà cada vegada més enfonsat en el coixí. Vaig mirar l'hora en el rellotge de paret, patint pel dia que ens esperava i les poques hores de son que em quedaven, però vaig pensar: pitjor pel sol que es fica a les set al llit, i allà ens hi vam estar fins les cinc del matí. Per com transcorria la nit, era la típica en que acabes triomfant, però no hi va haver cap apropament per part seva, cap insinuació, vaig suposar que, després d'un dia de feina, no li venia de gust, i ho trobava la mar de normal. Jo tampoc em vaig atrevir a intentar res.

No sé quina és la seva història, tampoc li vaig voler preguntar. Vivia a prop, treballava molt i li agradava fer punt de creu. També tenia un gos i dos gats que es portaven bé. Els rentaplats no li agradaven i el robot aspirador és un dels millors invents de l'home juntament amb l'aire condicionat. M'agradava sentir-la parlar i hauria matat per escoltar-la mentre em fumava un cigarret.

Per la meva banda: odiava la platja, preferia una bona cervesa a un bon vi, i una de dolenta a un vi dolent. Estàvem d'acord en el robot i l'aire condicionat, però discrepàvem sobre el punt de creu, jo era més de mitja, en feia amb la meva àvia. El ganxet mai l'he entès.

El cambrer va entrar i li va dir alguna cosa. Ella simplement em va dir que hauria de sortir perquè el meu amic estava a fora en no gaire bon estat.

Vaig sortir corrent i em vaig trobar l'Eudald plorant, assegut, recolzat a la roda del tot terreny. Tenia una galta vermella i quatre dits marcats, però no em va dir qui li havia fet ni per què. Estava molt begut. Molt. No se quants whiskys més s'havia *plimplat* però no s'aguantava dret. Quan em va veure es va eixugar les llàgrimes i em va abraçar. Em va dir que havia pensat molt i que m'envejava. Que jo tenia vida, tenia amics, tenia dones i que ell només tenia el seu art. Em va dir que jo era bo, bo a la vida i bo rodant documentals i que li sabia greu que no estigués explotant el meu do. No m'havia parlat mai així. Em deia que a la universitat havia demostrat que podia arribar a la gent sense fer trampes, amb coses senzilles, amb mirades originals. I que si no m'ho havia dit abans era per vergonya. Que ell no era així, que no podia anar més enllà d'explotar les misèries humanes i que Stronoiavsky era un mal referent per agafar-lo com a guia vital. Tot això em va dir. O com a mínim això em va semblar entendre, perquè la llengua se li enganxava a cada moment.

Segurament era l'alcohol qui parlava i vaig pensar que millor no fer-li massa cas. El vaig carregar al cotxe i vam fer el escassos deu minuts que hi havia fins a lloc amb el sol despuntant. M'hauria agradat acomiadar-me de la Sònia, però segurament ella ja en tenia prou per aquella nit.

Quan L'Eudald va veure les primeres llums li van agafar les presses dient que havíem d'arribar abans que el Pastor anés a trobar el ramat. Cada cinc segons em deia que quan faltava per arribar, crec que l'alcohol li havia estirat l'espai-temps. Jo no l'escoltava i cantava per mi:

Le solté al barman mil de propina
Apuré la cerveza de un sorbo
Acertó quien al templo del morbo
Le puso a este bar:
Peor para el sol
Que se mete a las siete en la cuna
Del mar a roncar
Mientras un servidor
Le levanta la falda a la luna
(...)
En mi casa no hay nada prohibido

Pero no vayas a enamorate
Con el alba tendrás que marcharte
Para no volver

(Peor para el Sol, de Juaquín Sabina del disc Física y Química)

14. AIXECANT LA FALDILLA A LA LLUNA: SÒNIA

Algú que s'havia perdut? Al principi no ho vaig entendre, després, quan m'ho van repetir vaig tenir clar que era el noi del matí. Acabava de tenir una sessió moguda i no massa agradable i em va venir de gust passar una estona tranquil·la. Necessitava que algú no em tractés com una puta i creia que ell era la persona. Les meves expectatives es van complir. Li vaig dir que no estava de servei, sobretot perquè si passava alguna cosa sabés que no li pensava cobrar, que era perquè jo volia. Però ell no va intentar res, i què vols que et digui, no m'hauria sabut greu que ho fes. Es va portar com un cavaller: sense preguntar perquè estava allà, sense intentar convèncer-me perquè canviés de vida. Res. Només un noi i una noia que s'han conegut en un bar.

A mi els cavallers, els senyors, em posen. I no em refereixo a l'edat, em refereixo a la manera de ser, a l'elegància implícita en la persona. Em va obrir la porta del reservat, no va seure fins que vaig seure jo, suposo que si hagués sortit a fora amb ell i fes fred, m'hauria ajudat a posar-me la jaqueta. Aquestes coses són les que em fan irresistible un home. I aquell dia m'estava posant molt humida. Follar ja et dic jo que no, no tenia el cony per a res més, però una bona mamada sí que li hauria fet. Em sembla que no va entendre les meves indirectes, ni tan sols les va entendre quan el vaig portar al privat. Ara ho penso i crec que va ser millor. No, segur que va ser millor. Vam parlar de tonteries, de gustos, de records. Ens ho vam passar bé. I ja està. Qui sap què hagués passat si el seu amic, no l'hagués *liat* com ho va fer. El molt imbècil no s'aguantava dret i quan li van dir que era l'última copa que li servien, es va dedicar a passar-se amb les noies. Tot té un límit i ell en va creuar masses.

Pel que m'han dit, va començar com un joc, com fan molts quan venen i beuen massa, però després va intentar llepar-les, toca'ls les tetes, fotre'ls mà, ja m'entens. Són noies que porten anys a l'ofici, el van torejar i li van dir que allò estava reservat per als que pagaven. Llavors ell es va encendre dient que per qui l'havien pres, que si havien estat només intentant treure-li els calers, que si tot el que havien viscut aquella nit no havia significat res, i tonteries per l'estil. Com si elles haguessin caigut pels seus encants, que ja et dic que no en tenia cap, i no perquè jo els hagués dit que li fessin companyia.

El Bertu, el cambrer, va anar a posar pau. És un tio molt tranquil, però no suporta que el vacil·lin i quan aquell marrec va començar que si no saps amb qui estàs parlant, que si sóc el millor documentalista del país, que si sóc un gran artista, que si jo que sé quantes coses li va dir, ell li va baixar els fums amb una bufetada. Era només per tranquil·litzar-lo. Suposo que va pensar que amb aquell mitjamerda amb una plantofada n'hi havia prou. L'he vist tombar pastors d'un cop de puny i a aquell només li va fer una carícia.

Quan m'ho va dir se'm va caure el món a sobre i vaig pensar que millor enllestir-ho ràpid i dir-li al Cesc, llavors ja sabia el seu nom, i que sortís a recollir el seu amic. No li volia explicar més, no volia acabar la nit malament ni que les nostres últimes paraules fossin de mala llet.

No hi va haver comiat, ni intercanvi de telèfons, ni dos petons. Suposo que ell pensava que tornaria a entrar, o potser no, no ho sé. Jo mirava des de la finestra fosca com el tros de merda aquell se li enganxava al coll i somicava. Després d'una estona parlant, van agafar el cotxe i van marxar. Ell va mirar cap al local una última vegada, però no em va veure, què hi farem, em va saber més greu quan al cap d'uns dies va fer veure que no em veia.

15. SÓN COSES QUE PASSEN

Cesc

Vam arribar just quan el Pastor s'estava llevant. L'Eudald li va dir que s'esperés, que no s'aixequés, que havia d'agafar la càmera. Anava d'un costat a l'altre, no s'aguantava dret, però ell que volia filmar com es llevava el Pastor i com anava cap al prat. Va ser la filla la que va avisar.

Eudald

Jo no em trobava bé, m'havien intoxicat en aquell

antre de mala mort, però havia de seguir amb la meva obra.

Pastor
Aquell nano anava inconscient. No veia ni on trepitjava i suposo que no es va aprofitar res del que va filmar. Que si ara aixeca't, que si ara vés cap al ramat. A la merda! Vaig fer el que vaig voler i punt.

Maria
Al Colom també li va costar aixecar-se, potser també havia passat mala nit. Suposo que els gossos també poden passar males nits, no? Anava com adormit. Potser no havia aclucat ull vigilant l'ovella.

Àvia
Per boca de Lucía de Día
Em deixà tota la nit sola. Sola, sola. Allà a la intempèrie i amb una ferida que no sagnava per ben poc.

Cesc
Quan vaig veure l'urna em vaig acollonir. El que em pensava que només era un escantonament, era un escantonament més una esquerda de quatre dits al llarg de l'urna. Vaig pensar que potser els meus pares tenien raó, però tot va quedar en un no res quan la nena va començar a cridar "Papa, papa!".

Maria
Sí, jo la vaig trobar. Morta i ben morta. Embolicada al filat pel coll, jo mai ho havia vist. Si que havia portat xais a l'escorxador i els havia vist morts i també com els mataven, però allò no ho havia vist mai.

PASTOR
Alguna vegada passa, però allò era molt estrany: aquella ovella escanyada pel filferro... Estrany, molt estrany. Aquell filmava i fins i tot somreia, el malparit.

CESC
Jo estava al seu costat vigilant que no caigués. Sentia com deia "ara sí que hi ha conflicte, ara sí".

EUDALD
Jo pensava que una ovella morta per a un Pastor seria un contratemps, una pèrdua important, però no va ser així. La va deslligar, la va llençar a terra i amb la navalla la va esbudellar.

PASTOR
Collons! I què volies que fotés? Trucar al veterinari perquè em diguessin que era morta? L'obres i els animals ja ho netejaran. Llavors el nano va caure com un sac a terra, aquests de ciutat veuen una mica sang i ja "*aaaiii* que em desmaio..."

EUDALD
Suposo que em vaig marejar per la indigestió, tot es va tornar fosc i vaig perdre la verticalitat.

CESC
No, no es va marejar, es va entrebancar amb l'herba i va caure. Si no estàs acostumat a beure, és el que passa. I més quan beus com ell havia begut aquella nit. En tornar en si, volia seguir filmant, però li vaig prohibir.

Potser amb la moral pujada pel que m'havia dit feia una estona o potser per la il·lusió de poder caminar amb la meva àvia ni que fos per una estona, li vaig dir que portés unes hores el cotxe, que descansés, que es curés del que ell en deia "intoxicació per aquell verí embotellat que m'han servit" i que després ja continuaria.

Eudald
L'important d'aquell dia ja estava fet, unes hores de descans m'anirien bé i no era tant complicat el que quedava de matí: filmar com caminaven vuit-centes ovelles i un Pastor, i llestos.

Cesc
Sobretot fes-ho des de l'alçada de les ovelles i sempre endavant, em va dir, sempre endavant.

Maria
El pare em va fer pujar al cotxe per controlar que no se n'anés marge avall.

Entrevistador
I no podies conduir tu?

Maria
No! Jo conduir no! Això ho fan els homes. Jo mai he agafat un cotxe. *Buenu* sí, aquell dia amb el veí, però no t'ho puc explicar perquè al pare no li agradaria.

Pastor
Jo patia. Patia. Patia perquè el cotxe costa molts calers i el ganàpia encara me'l fotria a mar.

Entrevistador
Però hi vas deixar pujar la teva fila...

Pastor
Algú l'havia de controlar! No les tenia totes que no s'estampés.

Cesc
L'Eudald va canviar la targeta i me'n va donar una de nova. Jo vaig carregar l'àvia a la motxilla, la motxilla a l'esquena, i a filmar.

Àvia
Allò m'agradava, per fi el meu nét havia tret el valor i havia fet el que tocava: plantar cara a aquell galifardeu i caminar amb mi. Estava contenta, molt contenta.

Cesc
Al principi vaig seguir les indicacions de l'Eudald, però no m'agradava. Potser em va sortir una vena artística que feia molt de temps que havia oblidat, però tot el que estava fent em semblava fals, sense ànima, monòton. Així que vaig decidir deixar la meva empremta en el documental: grans generals del Pastor acostant-se, panoràmiques del groc de les ginestes florides al blanc de les ovelles, fins i tot vaig pujar a un arbre per fer un pla zenital. Feia temps que no m'ho passava tant bé. Però a l'Eudald no li va agradar. Gens.

16. MORT D'UN CINEASTA

Eudald
El més bo que tenia la *tonta* és que no parlava. A vegades s'emocionava i semblava que anava a dir alguna

cosa, però abans que les paraules li sortissin de la boca, se les tornava a empassar i callava. Reia. Això si que ho feia, i li vaig demanar que ho fes en silenci per poder dormir. Van ser tres horetes de descans amb parèntesis de cinc minuts, que era quan havia de conduir. A la quarta estava millor i vaig intentar establir una conversa amb aquell ésser humà que no distava tant del ximpanzé del zoo de poble.

—Coneixes Stronoiavsky? —li vaig preguntar, però no hi va haver més resposta que uns ulls buits d'intel·ligència. Així que vaig decidir il·lustrar-la.

És el millor documentalista de la història. L'obra que em va enamorar va ser la que tracta d'un pres condemnat a la forca per doble violació i triple assassinat. Va ser un cas molt polèmic perquè les proves en contra no eren especialment contundents, però el jutge, que per casualitat era amic d'Stronoiavsky, i per això va poder seguir el cas, el va sentenciar a mort.

La gràcia és que no fa el documental des del punt de vista del pres, ni segueix el judici ni l'execució. Tracta del botxí: la seva vida quotidiana, com esmorza, com va al bar a fer el cafè i com se'n va a treballar i mata a una persona per després tornar a casa i jugar amb els seus fills i sopar amb la seva família. És brillant, colpidor, és una metàfora perfecta de l'automatització dels sistemes industrialitzats de la societat moderna. De la manca d'identificació amb la feina. De la realització personal fora de l'horari laboral perquè el treball s'ha convertit en només un aliment pels capricis mundans. Una obra mestra.

Maria
Jo no entenia res del que em deia. No és que no entengués les paraules, perquè la gran majoria les entenia, no totes, però la gran majoria sí. No entenia què em volia dir ni de què parlava.

Eudald
L'altra gran peça d'aquest geni és *The dead of a filmaker*, o *Mort d'un cineasta*. Un pla seqüència d'una hora. Primer amb càmera subjectiva de com surt de casa, va a comprar a la ferreteria i torna. Després planta la càmera en un trípode en pla general a la seva habitació, se'l veu escrivint un carta, lliga una corda de la biga del sostre i es penja.

Jeremy Powel
Autor de **El documental y su oscuro mecanismo**
Hi ha un petit tremolor de la càmera just quan es deixa caure: alguns diuen que és de la mateixa estrebada del pes del cos contra la biga, altres que va ser el gat amb el que vivia i altres que en aquella habitació hi havia algú més.

Eudald
Va ser l'estrebada.

Jeremy Powel
De la carta... no ho sé... ningú sap què hi deia perquè va desaparèixer.

Eudald
Era un llegat per a les noves generacions: aforismes, frases, consells... Una classe magistral des del més enllà.

Jeremy Powel
Va ser un home que no va donar mai cap entrevista, ni va fer cap llibre, ni classes... res. Així que seria l'únic document seu que hi hauria escrit, l'únic que podria explicar perquè feia el que feia i com.

Eudald
"Per què donar entrevistes quan pots parlar amb la teva obra?" Quanta raó... I jo fent aquesta merda! Bé, acabem ràpid. *Mort d'un cineasta*, és la culminació de la seva carrera: una vida pel documental, per la veritat. Era un artista molt implicat, li vaig dir a la nena que em mirava tant concentrada com la seva capacitat li permetia. Ell sempre havia volgut filmar la mort, de fet, és un dels seus temes recurrents, i ho va fer. Fins a aquest punt va arribar. Fins al final. I jo? Jo que sóc el seu genial successor, assegut en un cotxe parlant amb tu que ni m'entens. Sí, això li vaig dir, perquè així ho sentia.

Maria
És una de les poques coses que vaig entendre, i em va saber greu, sí. Crec que em va menystenir. En aquells moments vaig pensar que clar, que era normal, perquè ell era millor que jo, però amb el que va passar després, ja no. No penso que sigui millor.

Eudald
Menystenir? No considero que dir la veritat a algú sigui menystenir-la. És igual. El cas és que havia d'estar filmant, ho tenia clar, i quan va arribar en Cesc i em va dir que tirés, li vaig dir que no, que ja seguia jo, que estava millor i que si volia fer alguna cosa a la vida m'havia de sobreposar a les circumstàncies per més que patís.

Que aquella obra era més important que jo mateix, que portés ell el cotxe. Que no podia seguir així, que havia tingut un diàleg amb mi mateix i que el que estava fent era amagar el cap sota l'ala. Collons, que era el meu documental i que no el podia fer ningú més que jo! Com deia Stronoiavsky "si no ho pots filmar tu, assegura't que no ho filmi ningú".

Maria
Ja li he dit que jo no entenia massa el que em deia, però vaig entendre que volia filmar i que no filmava, així que només li vaig dir Si vols filmar, filma. I ja està, sí.

Cesc
Jo volia seguir perquè m'ho estava passant bé, però també tenia assumit quin era el meu lloc. L'Eudald va tornar a canviar la targeta i va anar cap al ramat. Durant el següent quilòmetre vaig estar sol perquè la nena havia marxat amb el seu pare, així que vaig tenir temps per pensar. Bàsicament pensava en que millor que l'Eudald no mirés el material que havia filmat perquè no havia fet res del que m'havia dit.

17. UN FORMIGUER TREBALLANT

Eudald
Sí, va ser un error confiar en el Cesc. Suposo que pensava que seguir unes instruccions senzilles no era difícil, però potser era demanar-li massa.

Cesc

Al migdia no va mirar les imatges, va preferir dormir la migdiada. Jo sí que les vaig mirar i, la veritat, em van semblar més interessants que la mirada que l'Eudald li estava donant al documental. Però a ell no li van semblar.

Pastor

Fèiem nit en els camps d'un conegut. Permís no en teníem, però que el donessin pel sac si no li agradava. Les ovelles han de menjar i dormir, i si has de robar, robes. Deurien ser les set de la tarda.

Eudald

Va ser quan vam arribar que vaig decidir fer el repàs del dia. Les imatges de l'ovella morta donarien joc, les altres que havia filmat seguien estrictament la visió del documental: il·lustraven l'esforç, et permetien visualitzar el camí, l'objectiu. Però quan vaig posar la targeta que havia filmat en Cesc... Allò era un altre documental!

Maria

Jo el veia que s'anava posant vermell i que anava fent que no amb el cap. De tant en tant mirava el senyor bo amb uns ulls que a mi em feien por. Sí, sí, molta por i més ara sabent del que és capaç. Molta por.

Cesc

Jo feia veure que no em preocupava que mirés les targetes, però estava dels nervis. I de sobte, treu la targeta de la càmera i ve corrents cap a mi.

EUDALD
Simplement li vaig demanar explicacions del que havia filmat.

PASTOR
Explicacions? Això ha dit? Però si els vaig haver de separar a cops de garrot! Eren com dos gossos discutint per una femella.

MARIA
L'home dolent deia coses molt grosses. Paraulotes d'aquelles que no s'han de dir.

CESC
Fill de la gran puta! Em vols arruïnar! Mai has servit per a res i vols que la resta tampoc fem res a la vida! Així és com em pagues que et deixi formar part d'aquesta obra?! I coses per l'estil. No el reconeixia, o millor dir, si que el reconeixia però la nit anterior era una altra persona qui parlava. Aquella reacció i aquelles paraules feien més per ell.

ENTREVISTADOR
I com és que sou amics?

CESC
Com és que ho érem?

ENTREVISTADOR
Sí, això.

CESC
Perquè quan no està rodant és un paio maco i la mar

de normal. Bé, té rareses, com tothom, però és maco. Quan està en mig d'una creació, es transforma, perd el món de vista i només hi ha una cosa important, o dues: ell i el documental. I aquell dia va embogir. Pensava que no podia embogir més, però sí que ho va fer... m'equivocava.

Eudald
Doncs això, li vaig demanar explicacions i vaig decidir donar un millor servei a aquella targeta.

Cesc
Em va dir que amb la deixalla només es podia fer una cosa: reciclar-la. Va plantar el trípode, hi va posar la càmera i va filmar una colònia de formigues treballant fins que la targeta va estar plena. Tot el que jo havia rodat al matí, destruït. Deia que allò era més interessant que el que havia fet.

Eudald
Ja sé que la podia haver esborrat, això vaig fer després, però en Cesc necessitava una lliçó.

Pastor
I el malparit va i s'emporta el cotxe!

Cesc
No em podia quedar més estona allà i vaig enfilar camí amunt amb el Patrol. Potser hauria fet algun disbarat del que me n'hauria penedit tota la vida. Ara crec que, amb el que va passar després, va ser una bona decisió.

EUDALD
   Jo també hauria marxat a reflexionar sobre la meva vida si hagués filmat aquella merda. Semblava que els quatre anys de carrera no li haguessin servit de res.

PASTOR
   Jo estava molt preocupat, no sabia pas com ho faríem per anar a sopar, així que li vaig dir a la nena que anés caminant a buscar uns entrepans a un poble que hi havia per allà. Sense menjar no me'n vaig al llit!

18. CADA ÀTOM DE POLS D'ESTRELLA: CESC

   Necessitava allunyar-me d'allà. Fer quilòmetres fins arribar a una terra que ningú hagués descobert mai, una terra on poder estar sol, sense ningú ni res a què tenir-li por. Un lloc on ningú em jutgés ni volgués res de mi.
   Tot allò no era només per la meva àvia, era per mi, i ara només destorbava. Vaig voler posar-hi la meva mirada i no va servir, així que només podia mirar sense intervenir. I mirava. Mirava com l'Eudald treballava i mirava les imatges que ell filmava. Hi veia ovelles, i el Pastor i arbres i prats. I gent que reia i que parlava. I un gos que bordava. I també hi veia la mà d'un càmera que ho filmava tot. Però no m'hi veia a mi. Jo feia el camí igual que ells però era invisible. De fet ho havia de ser. Sempre ho he sigut: sóc muntador, no autor. Si faig bé la meva feina, sóc invisible. Aquesta és la màxima d'un muntador: que els talls entre pla i pla no es vegin, que no es notin, que siguin imperceptibles per a l'especta-

dor. Quant ha de durar cada pla? El necessari perquè es pugui llegir bé la informació; ni un fotograma més, ni un de menys. No hi ha ciència, només intuïció i batalles perdudes. Ofici. Petites normes que no et pots saltar i la resta és lliure arbitri. Feina de marqueteria, artesania de la moviola, que en dirien abans dels ordinadors. Invisible.

Però en aquella transhumància no era tan sols invisible, també era un secret. El secret que feia funcionar aquell petit món de peülles i merda. El secret que faria que els espectadors sentissin la duresa del camí, respectessin el treball de l'autor i enyoressin aquells temps més fàcils sense cotxes ni obligacions. Aquell món fals que volia transmetre l'Eudald, el de la lluita de les tradicions contra la modernitat

I jo només volia fumar.

L'Eudald observava i filmava. Deixava constància del que havia vist i de la seva visió. Jo, simplement, mirava i ningú ho sabia. M'amagava a la vista de tothom i passava inadvertit. Potser perquè la meva opinió no transcendia més enllà de mi mateix o potser perquè, simplement, no importava.

La meva roba feia pudor de merda d'ovella. Jo feia pudor de merda d'ovella, o com a mínim ho suposava, perquè de tanta pudor que havia ensumat, ja no la notava. Però sabia que hi era. Gairebé la podia imaginar desprenent-se del cos del Pastor: línies ondulants de color groc, taronja, marró, verd. Un dibuix animat fètid de vapors corrosius.

Necessitava aire, no podia respirar. Havia de sortir del cotxe amb olor de corral. Vaig aparcar en una clariana i vaig respirar fons. Un senglar va passar tallant les ombres del camp. L'aire no volia sortir dels meus pulmons per no fer soroll, no volia que la bèstia em sentís, no volia que em veiés. No volia que m'ataqués. Però va fer com si no hi fos i vaig pensar que potser sí que m'havia tornat invisible. Com que feia estona que volia matar alguna cosa, vaig decidir aprofitar el meu nou superpoder i anar de caça amb l'escopeta del Pastor. Mai n'havia tingut cap a les mans i pesava més del que em pensava. Em vaig endinsar en el bosc, amagant-me rere matolls i arbres; buscant la presa, assetjant. Ensumava l'aire, palpava el terra, el cor em bategava a mil revolucions: un bombo a negres descompassat. L'emoció del moment, la caça, tornar als orígens de l'home abans que el blat el domestiqués. Dominar la natura sense que ella et digui on t'has d'assentar ni quan has de sembrar. L'home contra la bèstia. Però no sabia com buscar el rastre i, ni tan sols, quin rastre havia de seguir.

Sóc invisible, vaig pensar, però no del tot a ulls de la bèstia: la roba em delatava, així que em vaig despullar llençant les peces pel bosc, i em vaig empastifar de sorra que la suor ajudava a fer-la fang. Era com l'Schwarzenegger a *Predator*, la bona, la original, no les merdes que han fet després: als seus ulls era només terra inerta, els seus detectors de calor em percebrien com a part de l'entorn. Caminava descalç i nu. La grava se'm clavava a les plantes dels peus. L'escopeta la mantenia penjada de l'espatlla: era la meva única vestimenta i protecció per si em trobava el senglar. També la vaig empastifar m'hi vaig pixar a sobre i la vaig arrebossar de sorra.

I vaig córrer. El sol baixava i, entre els arbres, no veia on trepitjava ni on anava. Corria en la foscor de la llu-

na i en les ombres dels estels. Corria entre matolls sense nom i arbres sense rostre. Corria amb els pulmons plens encara de quitrà. Amb la sang intentant arribar al cor entre taps de nicotina i colesterol. Corria amb la meva polla saltant lliure i els meus peus tocant textures noves. Rugoses. Llises. Punxegudes. Planes. Petites. Grans. Tocaven herba i tocaven sorra.
Trepitjaven pedra.
Invisible.
I corria. I corria. I corria. Triturava cada gra de sorra, cada àtom de pols d'estrella que s'havia unit amb altres per formar tot el que veia. Tot el que som. Invisible per a tothom, invisible per a la presa. Una bola d'àtoms morts bellugant-se entre els arbres com la bola d'Indiana Jones per la cova, arrasant-ho tot al seu pas.
I vaig caure. I vaig notar totes les textures clavant-se'm al cos. Esquinçant-me la pell. I vaig notar el gust de la pols a la boca. El seu tacte sec. I em vaig girar i vaig mirar el cel i, no sé perquè, unes llàgrimes se'm van colar cap a les orelles. I vaig cridar. Vaig cridar fort. Molt fort. Tan fort com vaig poder. I el meu crit va ressonar en la foscor per, en un moment, tornar a regnar el silenci. Vaig notar olor de prunes en descomposició, un bon lloc per trobar el senglar, o potser no, no hi he entès mai de senglars, però m'ho va semblar.
Vaig notar una mirada. Saps quan sents que t'observen? Doncs això. Em vaig aixecar i em vaig mantenir immòbil perquè el depredador no em veiés. Potser era

igual que el *T-Rex* a *Jurasic Parck*. Desconcertat, vaig sentir la seva veu que em deia "Què fots?" I el meu cap que responia Fracassar.

19. CADA ÀTOM DE POLS D'ESTRELLA: ANNA

A l'hostal hi estic bé, però a vegades em sento massa sola i necessito companyia. Ja ho sé, vaig venir aquí per allunyar-me de les multituds que em feien tant de mal, però algú amb qui parlar no està de més, tot i que a vegades només et tens a tu i les converses amb un mateix són més divertides si tens una ampolla a mà. M'agrada fer patxaran, el meu pare en feia, és del nord i allà és molt comú fer-ne: un litre d'anís, 250 grams de prunes i deixar macerar. Res més. L'anís el compro al poble, però les prunes m'agrada collir-les jo mateixa.

No haig de caminar massa, un quilòmetre per la pista a tot estirar i, després, uns metres endins pel bosc. Allà hi ha quatre pruneres, no em preguntis d'on han sortit, però allà estan. Havia tingut un dia llarg: acabava d'arribar de les classes de teatre i els nens havien estat especialment moguts. Vaig veure que l'ampolla s'estava acabant i, abans de quedar-me sense reserves, vaig decidir fer-ne més. Estava recollint les prunes més maques que podia amb la poca llum que feia la lot que portava. No era la primera vegada que recollia prunes tant tard, però sí la primera que ho feia sense estar sola.

El crit em va sobresaltar i vaig il·luminar amb la llanterna la zona de la que venia i hi vaig veure un home, en Cesc, despullat i amb una escopeta al costat. Estava abraçat a un arbre i sentia que remugava "si no em moc no em pots veure, si no em moc no em pots veure".

Pensava que es volia suïcidar però no trobava les forces: sé de què parlo, jo també hi havia passat. De fet, no sé si ho saps, però suïcidar-se amb una escopeta no és gens fàcil, has de tenir els braços molt llargs o inventar-te alguna cosa perquè amb el canó a la boca no s'arriba al gatell. Bé, és igual, estic marxant del tema, el cas és que li vaig dir que què estava fent, però ell només em deia que era invisible i reia. "*Uuuuuhhh*", feia, "sents la meva veu però no saps d'on ve!". I jo el veia allà, despullat, ple de sorra i agafat a la soca. Boig, vaig pensar.

Li vaig dir que em sabia greu però que sí que el veia, que no era invisible, i li vaig posar la mà a l'espatlla. "Allunya't bèstia", va cridar, "tinc una arma i sé com utilitzar-la", però tal com l'agafava es veia que no n'havia empunyat mai cap. Patia més perquè es disparés al peu que per la meva vida.

Es va amagar rere uns matolls i jo el vaig deixar mentre seguia recollint prunes. Quan vaig acabar li vaig preguntar si volia seguir amb el tema de la invisibilitat o volia que l'ajudés a recollir la roba amb la lot. Era nit tancada i sol no se n'hauria sortit.

20. EL SILENCI DELS GRILLS

MARIA

El pare estava enfadat, suposo que perquè vaig tardar massa a portar els entrepans, i em va dir que esperés desperta fins que el senyor bo tornés, que si a les tres del matí no havia arribat, el despertés, però el cotxe va venir a quarts de dues i vaig poder descansar.

CESC
L'Anna em va ajudar a trobar la roba i el cotxe, per la resta, només vaig haver de desfer el camí que havia fet.

ANNA
El cotxe va ser fàcil, només hi ha un camí per on hi puguin transitar vehicles; la roba va ser més complicat: un mitjó aquí, uns pantalons per allà, la camiseta... Ho tenia tot escampat pel bosc. Em va explicar que estava fent la transhumància amb la seva àvia. La senyora deu estar en forma, li vaig dir.

CESC
No massa.

ANNA
En aquells moments no sabia que la seva àvia eren cendres.

CESC
Quan em vaig asserenar una mica, vaig veure que anava despullat i intentava tapar-me amb l'escopeta. "Tranquil, ja ho he vist tot", em deia l'Anna. Un cop vestit, vam fer el camí fins el cotxe en silenci, crec que no ens vam dir res. Jo no gosava ni mirar-la, i ella semblava que estigués gaudint d'aquella caminada nocturna. Se sentien els grills, això sí que ho recordo, i també les nostres petjades contra la sorra.

Anna
Els silencis són complicats, però aquell era natural, no només per la situació, sinó... Com dir-ho? Potser la manera més fàcil d'expressar-ho és que no era incòmode.

Cesc
Jo buscava temes de conversa, però a banda del Gràcies que li vaig dir quan em va deixar en el cotxe, no me'n va sortir cap.

Anna
Li vaig contestar que tranquil, que ja me les donaria un altre dia, que segur que ens tornaríem a veure. Ell va fer un somriure forçat però sincer, un preciós agraïment, i va marxar pista avall.

Cesc
Era la segona persona en aquella transhumància que em deia que ens tornaríem a trobar. "Això a ciutat no passa...", com diria el Pastor.

Anna
Abans de que arrenqués li vaig dir que intentés aconseguir alguna victòria, per petita que fos, però que l'aconseguís i s'aferrés a ella. És l'única manera de sortir del forat: pas a pas, com les ovelles, pas a pas. A mi em va anar bé.

Cesc
Una victòria? Per què? Home, el senglar no l'havia caçat, però tampoc estem parlant que per allò hagués caigut en un forat.

Anna
Em sembla que va entendre la idea.

Eudald
Ja sabia que tornaria, i sinó, allò podia seguir sense ell, no em feia cap falta. Arribats a aquell punt, tenir un cotxe m'estava portant més problemes que avantatges.

Pastor
Mai he tingut problemes per a dormir, jo tinc la consciència molt tranquil·la, no com aquests pixapins que necessiten anar al *loquero*. Jo si engego, engego; si follo, follo; si menjo, menjo; i si dormo, dormo. La nena ja em despertaria, i com que no ho va fer, vaig dormir fins que el sol es va alçar. El cotxe estava allà, era tot el que volia.

Cesc
Jo no vaig dormir. Volia tancar els ulls i despertar-me abans de tot aquest viatge, però només vaig aconseguir fer sortir el sol, i no crec que ho pogués apuntar com una victòria meva.

21. UN ÀTIC AMB VISTES A LA MUNTANYA

Eudald
Al dia següent, en Cesc estava molt més implicat en la feina. Bé, vull dir que feia el que havia de fer i no protestava. Suposo que la passejada nocturna li va aclarir les idees i se'n va adonar del que era realment important. Si seguia així, potser no em veuria obligat a prendre decisions dràstiques pel futur del documental.

Cesc

Va ser un dia dur i una altra nit massa llarga. L'únic que m'animava era que la següent no la passaríem al ras sinó en un hostal que hi havia per allà.

Sol en el cotxe, tenia molt temps per pensar i era tot el que feia. Les paraules de l'Anna ressonaven en el meu cap: com aconseguir una victòria? I sobretot, per què l'havia d'aconseguir? Estava sol sense res més a fer que esperar un crit i avançar.

Para quan vegis una font, m'havia dit el Pastor, i allà estava, aigua en mig del desert. Vaig sortir del cotxe. El sol queia amb força i les cigales cantaven. Estava envoltat d'extensions sèpia sense tanca, decorades amb el verd d'alguns arbres perennes, com si la coloració de la pel·lícula antiga s'hagués quedat a mig fer per manca de pressupost.

A cada passa, el paisatge mort cobrava vida. Els saltamartins brincaven d'un bri sec a un altre deixant veure els colors de les seves ales: taronges, vermelles, blaves. Caminava pel plaer de caminar o potser per fer alguna cosa. Els tàvecs començaven a voleiar sorollosament. Els ocells cantaven en arbres llunyans i alguna garsa deixava anar el seu crit tros enllà.

Em vaig acostar a la font: un grup d'ocells esperaven el seu torn per fer vols rasants, qui sap si caçant gotes d'aigua o menjant els insectes que s'hi acumulaven. Una sargantana es va ficar per una escletxa de la pedra de la cara sud. A la cara nord hi creixien molses flonges i plenes de vida.

Després d'omplir les cantimplores, em vaig mullar el cap deixant-lo sota el doll fins que em va semblar que l'aigua freda em començava a obrir un forat al crani. De camí cap al cotxe, amb la roba amarada, la brisa que corria em va recordar quan, a l'estiu, l'àvia em vestia amb colònia i em bufava el clatell per fer-me passar la calor. El cos em va començar a tremolar, l'aire semblava que es negués a entrar-me als pulmons i les llàgrimes em brollaven dels ulls buscant les companyes que havien marxat el dia anterior i no havien tornat a casa.

—Crec que sí que necessites una victòria —per un moment em va semblar que la meva àvia em parlava.

ÀVIA
PER BOCA DE LUCÍA DE DÍA
Osclar que li vaig parlar! Aquell nen anava esmaperdut, pul·lulant per allà com una ànima en pena. No em preguntis com ho vaig fer, però sí, li vaig parlar. I no seria l'última vegada.

CESC
Jo li vaig preguntar que per què la necessitava, però només vaig sentir l'aigua caient i un tàvec passant-me a tocar d'orella. Malparit, vaig pensar. I el vaig caçar, no sé si era el mateix o no, m'era igual, l'havia caçat i el vaig posar dins el paquet de tabac que m'havia acabat dos dies abans. Per què no me'n podia haver guardat algun més? Era tant demanar un altre últim cigarret?

Amb el paquet buit entre les mans, el notava volant, caminant, intentant fugir. Buscava una sortida a aquella gàbia, i em va fer pena. Tancat allà dins, sense poder veure el sol... Era un càstig massa cruel. Així que vaig treure el plàstic que envolta la part de sota del paquet i, amb molt de compte, vaig fer un forat a la part inferior del cartró, tornant a posar el plàstic amb agilitat i rapidesa. Així estava molt millor.

—Veus, ara pot escollir si quedar-se en la foscor del cartró o sortir a la terrassa de l'àtic amb vistes a la muntanya —vaig explicar a la meva àvia.
Pel retrovisor vaig veure el núvol de pols que acomiadava les ovelles fins el setembre.

Àvia
No era aquella la victòria que esperava d'ell però s'ha de dir que s'hi va esforçar, això ningú li podrà negar, però si allò era el màxim a què aspirava... Ai senyor, anàvem ben servits! Per sort no va ser així.

Pastor
El nano va i comença a cridar "Mireu, mireu! He caçat un tàvec". Tira amunt, li vaig contestar. Què collons m'importava a mi que hagués caçat una mosca. La nena va anar una estona en el cotxe, estava fart que ens alentís el pas.

Maria
A mi m'agradava mirar el tàvec com sortia i entrava del paquet, sí. El senyor bo estava molt content del que havia aconseguit i m'explicava que s'havia arrossegat com una lleona per la sabana, em sembla que va dir. Jo ho havia vist en alguns documentals d'animals. El senyor bo m'explicava coses que entenia millor i em va demanar que no li parlés de vostè, però a mi em feia com un no se què no fer-ho. Tenia carrera, sap?

Eudald
Allò del tàvec? No crec que fos preocupant, l'avorriment té aquestes coses, mentre anés fent la feina, per mi com si se la volia pelar amb dos branquillons.

Cesc
L'últim tram del dia el vaig fer amb la filla de copilot i l'àvia al seient de darrera. Va ser més divertit perquè tenia algú amb qui parlar. Em va distreure una estona però també vaig aprendre molt, per exemple com s'esquilen les ovelles: les has de tombar i immobilitzar perquè no els agrada, però ho necessiten. Que n'hi ha de més manses i de menys, però que millor tractar-les a totes igual per no emportar-se sorpreses. Va ser una tarda interessant, però el matí següent, després d'una nit de voltes ensomniades, tornava a estar sol al cotxe i vaig haver de buscar alguna cosa per fer, i em sembla que no va ser la més encertada.

Eudald
Sí, crec que tot va anar a pitjor després d'allò.

22. DUES CERPS NEGRES I RÍGIDES

Cesc
En una de les parades, per matar el temps, vaig desmuntar la radio buscant el problema de la seva mudesa. Entre el material de rodatge hi vaig trobar uns tornavisos i els vaig utilitzar. Els cargols trets i desats sobre l'urna; la força bruta va fer la resta per fer sortir aquell aparell oxidat.

Estirant dels cables, els endolls van cedir i em vaig quedar amb el trasto a la falda. Pensava en la cara del Pastor si em veia desmuntant-li el cotxe, el notava acostant-me el ganivet al coll i en un acte reflex em vaig girar, però no es veia cap mar de llana.

Restes de plàstic blanc i vermell penjaven de la radio, però bàsicament eren fils de coure al descobert, pelats per la calor, els hiverns, els anys o qui sap si rosegats per algun animal salvatge o domesticat.

De la bossa de l'Eudald en vaig treure un rotlle de cinta aïllant i vaig embolicar el coure fins que van semblar dues serps negres i rígides. Em recordava a mon pare arreglant cables del despertador o d'alguna làmpada, a vegades, fins i tot, amb esparadrap.

Miquel Quintanilla
Pare d'en Cesc
Li seré sincer, no em qualificaria com a manetes, però al meu fill li vaig ensenyar les coses bàsiques per poder tenir una casa en condicions i per saber resoldre problemes sobre la marxa.

Cesc
Ui, sí, els seus consells eren: si el tac no entra bé al forat de la paret, pica'l amb el martell; si va ample, hi poses goma adhesiva. Fins el dia que va descobrir els números dels tacs i les broques, un secret que em va passar a mi quan havia de penjar un quadre i em va enviar al *xino* a comprar material: "Agafa tacs del 8 que és la broca que tinc al trepant".

Miquel Quintanilla
Sí, aquell va ser un gran dia!

Àvia
Per boca de Lucía de Día
És que la meva filla té un ull pels homes...

Cesc
Doncs amb aquests coneixements d'enginyeria em va llançar al món. Així que, a banda del que ja havia fet, no sabia què més podia tocar. Vaig aixecar l'aparell mirant-lo per totes bandes, buscant una fletxa o una X que marqués el problema, però en lloc d'això, pel retrovisor vaig veure que un embull groguenc tapava tot el camí. Vaig intentar recollir-ho tot, però amb el nervis pel Pastor tant a prop, no encertava el forat de la radio i vaig decidir no esperar més, engegar el cotxe i tirar.

Eudald
Collons, que necessitava targetes i el molt imbècil va fotre amunt! Jo el cridava i li feia senyals, però ni cas. Segur que em va veure.

Cesc
L'Eudald m'ho va preguntar alguna vegada i he preferit la protecció a la veritat, però el cert és que ho vaig veure, sí, però l'instint de supervivència sempre m'ha pogut més que la responsabilitat. Perdona, tornem a la història que aquí ve un moment transcendental.

Entrevistador
Sí, sí, si us plau.

Cesc
Amb un quilòmetre més a l'esquena, vaig prosseguir amb la meva obra impossible.
—La desmunto tota? —vaig preguntar a la meva

àvia—. Sí, la desmunto sencera —tot i que em va semblar que deia que no.

Àvia
    Jo no ho hauria fet perquè sé que és un maldestre, però ell sentí el que li anava millor.

Cesc
    Cargol rere cargol, la tapa cedia, fins que amb l'últim va saltar com si una força invisible l'empenyés cap amunt. Així: boom! A dins, cables de tots colors, circuits i peces de plàstic i metall. I pols, molta pols que havia aconseguit ficar-s'hi per algun forat que no vaig saber veure.
    Estirava, estrenyia, colpejava, desenroscava, feia palanca: de tot. Vaig netejar amb un drap cada un dels components deixant-los sobre el seient del copilot. Al final, un munt d'òrgans s'acumulaven al voltant de l'urna; a la falda només m'hi quedava un cos buit, semblava el joc *Operación*.
    Vaig intentar tornar a col·locar les peces netes, però per Déu que no hi cabien! Era impossible que tot allò abans estigués en aquella caixeta.

Àvia
    Doncs el que us deia, un manetes com el seu pare. Això també us ho diré, el meu home deia que en sabia molt de tot però no deixava de fer nyaps.

Cesc
    La porta del cotxe es va obrir i el tornavís em va caure.

Maria
El pare em va enviar a buscar les targetes que necessitava el senyor dolent. Vaig haver de córrer molt! Em vaig cansar, sí, una cosa és caminar amb les ovelles i l'altra allò. M'ofegava, sap? I quan vaig veure el que estava fent...

Cesc
La filla em va enxampar amb tota la radio desmuntada i em mirava amb cara de pànic. "El pare s'enfadarà, el pare s'enfadarà", em deia.

Maria
A mi no m'agrada veure el pare enfadat, perquè quan s'enfada, s'enfada molt i no m'agrada, no m'agrada gens.

Cesc
Jo no sabia què dir-li, m'havia enganxat de ple, per uns moments em vaig bloquejar, després vaig fer el que es fa en aquests casos i que mai funciona: No s'enfadarà si no li dius. Què et sembla si aquest és el nostre secret? Això li vaig dir, enginyós, oi...? I ella va fer que sí amb el cap, jo la vaig creure, li vaig donar les targetes i va marxar corrents.

Maria
Li havia promès que no diria res, sí. I jo normalmet compleixo les meves promeses! Però per dins tenia una cosa que, que, que... Que m'anava fent un no sé

què, que, que... que li vaig haver de dir al pare, sí. Li vaig dir El senyor està desmuntant el cotxe. Li vaig dir i ja va estar fet.

Pastor
El mato, només vaig pensar això i els últims trescents metres només tenia aquesta idea al cap. El mato.

23. JOIES PER FER UN NIU

Cesc
La radio seguia desballestada al meu costat, les peces encara no encaixaven i, pel que semblava, no encaixarien mai.
—Què faig? —vaig tornar a preguntar a la meva àvia—. Tanco i com si res no hagués passat, oi? Sí, millor.

Àvia
Per boca de Lucia de Día
Aquella vegada si que vaig estar d'acord amb ell.

Cesc
Amuntegant les peces i prement la tapa, vaig aconseguir que hi cabessin quasi totes i tornar a posar els cargols a lloc. Em va fer por tornar a endollar els cables, especialment per haver de ficar la mà cap al fons

d'aquell forat fosc que havia quedat. De fet, no servia de res jugar-se-la, tampoc funcionaria! Les peces sobrants vaig decidir escampar-les pels camps perquè les garses les portessin al seu niu, però just quan les estava llançant vaig veure el Pastor que s'acostava aixecant el bastó amb el crit de guerra de "Fill de puta et mato".

Eudald
No m'ho podia creure, de veritat. Només li havia demanat que fos invisible! Tant difícil és? I el *mamon* no només s'havia fet corpori sinó que havia trencat tota la bucolicitat de l'escena fent que el Pastor saltés de ràbia.

Maria
Jo volia dir-li que es tranquil·litzés, però quan el pare es posa així és millor no dir res. Si dius alguna cosa sempre és pitjor. La mama i jo ho sabem.

Cesc
Vaig deduir de seguida que el secret entre la nena i jo ja no era secret i vaig intentar dialogar mentre ell corria cap a mi. Al final només em va quedar una opció: intentar córrer més ràpid i en el mateix sentit que ell, posant terra i camps, i si hagués pogut també oceans, entre nosaltres.

Eudald
Jo els deia que paressin, que ja arreglarien els seus

assumptes personals quan haguéssim acabat el rodatge, però ells ni cas. Van desaparèixer baixant per un marge i, de sobte, el crit.

24. UN XAI PER CAPAR

Pastor
El covard corria com xai que vols capar, que era precisament el que volia fer-li i llavors... Em cago en la puta mare que va parir el marge aquell, perquè ja el tenia!

Cesc
El Pastor seguia darrera meu, no entenia com aquell vell podia anar tant ràpid i aguantar tant. Els meus pulmons em demanaven parar i el meu cor anava mes ràpid que les meves cames, però ell no afluixava.

Pastor
Em deuria entrebancar amb algun roc i vaig caure rodolant pel pendent, i allà es va acabar la persecució.

Eudald
Vaig anar cap ells i el vaig veure estirat a terra i en Cesc acostant-s'hi amb por.

Cesc
Em pensava que s'havia matat, però després el vaig sentir queixar-se i com intentava aixecar-se per perpetrar l'assassinat que tenia previst, però no va poder.

Pastor
    Sí, res, el turmell, me l'havia revinclat.

Eudald
    Una revinclada us ha dit? Res d'això, pobre, ja deu estar senil, va ser un cop, un cop fort tot s'ha de dir, però a les costelles. Va quedar una mica masegat per la caiguda i res més. La torçada de turmell va ser quan vam sortir de l'hostal per fer l'última pujada, es veu ben clar al documental. El vaig ajudar a aixecar-se i li vaig dir que pugés el marge i seguíssim, que deixés el que volgués fer per un altre dia, però no podia quasi ni caminar pel dolor al costat. Tant mascle que semblava i per una rebolcada ja es feia enrere.

Pastor
    Potser sí que va ser això de les costelles que diu aquest.

Eudald
    La *tonta* cridava Papa, Papa, i va baixar també. Entre els dos el vam ajudar a trepar. En Cesc s'ho mirava des de lluny.

Pastor
    Li vaig dir a la nena que anés amb les ovelles, que començaven a descarrilar-se, perquè jo ja me'n vaig adonar que per aquell dia ja havia caminat prou. Recollons amb cinquanta anys de transhumància no m'havia passat mai re i per culpa d'aquell marrec de ciutat no podia seguir.

Eudald
    Com que avui acabes en cotxe? Jo me'n feia creus i ell

que sí, que el portés fins a l'hostal perquè no podia caminar. I a sobre em deia que el Cesc no tornava a conduir. Allò si que no, no, no, no. Havíem d'arribar a l'hostal, ho havia de filmar. Així que vaig tornar a intentar que caminés però ell que no, que fins demà res. Només em va quedar pactar: molt bé, et porto amb el cotxe però t'hauràs de posar al mig del camí, davant de l'hostal amb les ovelles passant cap al prat. I ell ho va entendre.

Pastor
A mi mentre em portés, se me'n fotia. Després ja veuria què faria.

Cesc
La nena i jo vam caminar un parell de quilòmetres amb les ovelles sense dir-nos res. Dos ciclistes intentaven avançar per entre el ramat sense gaire sort. Quan arribàvem a l'hostal, just a l'alçada de l'hort, em va dir que ho sentia.

Maria
Ell em va somriure i em va dir que no era culpa meva. Era bo, el senyor.

Cesc
L'Eudald havia deixat el cotxe passat l'hostal, fora de l'ull de la càmera. Quan vam arribar, em vaig amagar a dins l'edifici i l'Eudald va tenir el pla que tant necessitava. Fosquejava, les cigales feien el canvi de guàrdia amb els grills, i les mosques i tàvecs, amb els mosquits, que apareixien com un exèrcit de vampirs brunzidors. I com una aparició la vaig veure, se'm va acostar i em va dir: "si et segueixes amagant potser sí que et faràs invisible".

L'Hostal

25. VESTIT I SENSE ESCOPETA NO ET RECONEC

Cesc
	Era ella, la noia que m'havia trobat en mig del bosc, l'Anna. Se'm va acostar i em va dir "ho veus com tenia raó i ens tornem a veure?". Ja posats, vaig buscar en Jonson i la Sònia, però allà no hi eren.

Anna
	La seva cara era un poema: entre la incredulitat, l'alegria i la vergonya.

Cesc
	Quan l'Eudald va acabar de filmar vam sortir a fora. El Pastor seia sobre unes pedres que hi havia a l'altre costat del camí i xerrava amb uns coneguts que l'esperaven. Ens hi vam acostar. Els dos ciclistes, un home i una dona, relaxaven les cames ficant-les dins la bassa.

Anna
	Salta el Pastor i em diu "aquest és el malparit que m'ha tombat"! I jo li vaig respondre que ja el coneixia, però que vestit i sense l'escopeta m'havia costat reconèixer-lo.

PASTOR
Allà només hi havia una escopeta i era la meva, per tant, a part d'esguerrar-me, m'havia agafat l'arma!

EUDALD
Ja la vam tornar a tenir.

ANNA
S'aixeca per escanyar el Cesc i cau a terra. Ja li està bé, per malparit, vaig pensar.

PASTOR
Sí, el turmell que em va fallar, però sinó, l'escanyo allà mateix. Encara que després ja m'ho vaig cobrar, ja.

EUDALD
Deuria estar una mica marejat per la caiguda del marge i li rodaria una mica el cap, per això va perdre l'equilibri.

CESC
Els amics el van ajudar a aixecar i el van tornar a asseure a la roca. I va l'Anna i li diu "si tu estàs cardat, qui m'esquilarà el gos?"

ANNA
Cada any l'esquila. Sé que al Nolo no li agrada...

ENTREVISTADOR
Nolo?

ANNA
Sí, el gos, al meu pare no li agraden els gossos, ell és

més de gats, i quan el vaig portar a casa, encara vivia a casa mons pares, vaig deixar que li posés ell el nom, més que res per si així li agafava més *carinyu*. Li va posar Manuel, per fotre suposo, després va passar a Manolo i al final es va quedar en Nolo. Coses de família.

Entrevistador
Ja...

Anna
Doncs en Nolo es passa un parell de dies que s'amaga després d'esquilar-lo, però li va bé una bona rapada a principis d'estiu. A part té, o tenia, el pobre va morir fa tres mesos, era gran, té, tenia el pel llarg i se li enganxaven herbes i no hi havia manera de pentinar-lo. Així també m'estalviava uns quants calers de perruqueria!

Cesc
I el Pastor li contesta assenyalant-me "aquest que em vol fotre el lloc i les coses és el que t'esquilarà el gos" després em va mirar i va afegir "no has fet una estona de Pastor? Doncs ara acaba la feina!"

26. L'EMPATIA DELS GOSSOS

Cesc
La filla em va donar l'esquiladora i l'Anna va fer venir el Nolo. Jo el vaig deixar que m'ensumés, quan ell va voler el vaig acariciar, després el vaig agafar pel collar i vaig encendre la màquina. En sentir el soroll es va posar nerviós.

Anna
   Em vaig acostar per intentar-lo calmar. Al principi semblava que funcionava, però quan en Cesc va intentar tallar-li la primera grenya de pel, es va encabritar i no hi havia manera que s'estigués quiet.

Àvia
Per boca de Lucía de Día
   El gos del Pastor, el Colom, tenia tant poca empatia vers els seus! Se'l mirava ajagut al costat del seu amo com qui mira la televisió.

Pastor
   A punt vam estar d'apostar si el mossegava o no! Perquè d'esquilar-lo ja estava clar que no ho faria. Així que hi vaig enviar la nena.

Eudald
   Tot allò no m'interessava. O el Pastor esquilava el gos o la resta no m'importava pas gens, i vaig dur l'equipatge a l'habitació.

Cesc
   Vaig sentir el Pastor que em deia que "Jau aquí, calla i mira com s'esquila una bèstia". La nena el va agafar pel collar i jo vaig fer cas a l'home. Com si d'una ovella es tractés, el va tombar estirant de les dues potes contràries a la seva banda, desequilibrant el gos a càmera ràpida, fent-lo caure amb un cop sord de costelles contra el terra i aixecant polseguera a noranta fotogrames per segon. Només faltava que li lligués les potes, però en lloc d'això, va clavar-li el genoll al coll mentre amb la mà esquerra li aguantava les potes del darrera. L'An-

na s'emprenyava amb el Pastor i patia pel gos. El Pastor reia de l'Anna i s'emprenyava amb l'animal.
Jo no em vaig poder aguantar i vaig saltar.

Anna
En Cesc va cridar "Però que fots!" I va intentar venir, però el malparit del Pastor el va agafar amb el bastó pel coll i el va fer caure d'esquenes.

Pastor
Ui si, pobre animaló! Collons, el vols esquilar o no?

Anna
Va intentar encarar-se amb l'home però els seus amics es van posar davant i li van que dir si estava segur del que feia.

Eustaqui Capilla
Amic del Pastor
Aquell nano no sabia on s'estava ficant! El Pastor és un malparit, és veritat, però un de ciutat no ens vindrà a ensenyar modals ni com tractar els animals.

Cesc
Veia el Pastor rient, assegut, entre les siluetes dels dos goril·les, em sentia impotent perquè no els hauria costat gens trencar-me la cara allà mateix. N'estava fart, però sabia que no hi tenia res a guanyar, així que vaig donar mitja volta i vaig entrar a l'hostal. Pobre animal.

Anna
Quan la feina va ser llesta, va deixar anar el Nolo que va córrer cap dins a arraulir-se entre els sofàs.

Cesc
   Jo seia en un racó de la sala. L'Anna em va portar un te calent i em va dir "sempre et trobo en situacions deplorables! Tota la teva vida és així?"

Anna
   Ell em va dir que no, que l'havia conegut en un moment complicat de la seva vida. *El club de la lucha*? Li vaig preguntar.

Cesc
   Vaig assentir i em vaig beure el te.

27. QUATRE PASTORS, DOS BRETONS I UNA HOSTALERA

Eudald
   En Cesc i jo Teníem una habitació petita amb un llit de matrimoni. El Pastor no en tenia, d'habitació. Repetia que mai havia pagat ni pagaria per dormir, per a passar unes hores al llit amb una senyoreta sí, però mai per dormir. Tot són gustos.

Pastor
   Quan la necessitat *apreta* qualsevol forat es trinxera, i si no hi ha forat, una *gaiola* i aire.

Eudald
   Deia que s'estaria al cobert que hi havia entre l'hos-

tal i l'hort, que des d'allà podia controlar les ovelles per si passava alguna cosa. La nena dormia amb el ramat.

Cesc
Per la finestra, el sol desapareixia mentre els núvols es tenyien de taronja i vermell fins que el negre va envair els camps i els boscos que portàvem dies trepitjant.
El menjador de l'hostal era fosc, gairebé tètric. Dues llums il·luminaven tota l'estança: una de sostre, sobre la taula llarga de fusta massissa, amb quatre bombetes de baix consum, dues d'elles foses; també hi havia una petita làmpada de peu als sofàs amb tauleta per a fer el cafè que tenia al fons. Tots els hostes compartíem taula, de fet tampoc érem masses, però per a l'Anna allò era molta feina.

Anna
Hi havia una parella francesa, que estava fent una ruta en bicicleta, i ells.

Cesc
L'Eudald parlava amb els *gabatxos* amb el seu francès de viatge. Jo entenia poca cosa i intervenia menys. Els vam explicar el nostre viatge i ells el seu. Ens van informar que havien sortit de Banyoles i arribarien a Vic. Deien que tenien cinquanta-nou i seixanta-tres anys, però la veritat és que n'aparentaven molts menys. Que després de tot un any de treballar, aquella era la seva recompensa. Que eren Bretons de Nantes. Que s'havien

agafat aquells dies les vacances. Que cada any feien una ruta, i que seguirien fent-ne mentre les forces els acompanyessin.

Maria
   Jo sentia que parlaven, o que feien sons amb la boca, perquè ho entenia menys que el que m'havia explicat el senyor dolent al cotxe.

Cesc
   L'Anna ens mirava des de la cuina. Per primera vegada la veia somriure, un somriure de veritat, sincer, feliç. Era la nostra amfitriona i, aquella nit, nosaltres la seva família: portava el tiberi i es cuidava que no ens faltés beguda. Seia al cap de taula i, a la dreta del Pare, el Pastor que ja havia desistit de ser el centre d'atenció. Ho havia intentat cantant i cridant. Fins i tot tocant la cuixa de l'Anna amb cara de nen entremaliat i bavós amb alè de fems, però l'hostalera li havia parat els peus amb un "com em tornis a tocar, les ovelles acaben soles la transhumància". Amb calma, sense cridar, però contundent. Els ulls de l'home es van apagar i va endrapar mirant el plat amb la gana de qui fa deu dies que no menja. Quan va acabar, va dir que marxava a dormir. Entre l'Eudald i la nena el van portat al cobert.

Anna
   Mentre marxava va dir que l'endemà sortirien a les set i jo ho vaig posar en dubte.

Cesc
   Ell va començar que si aquests de ciutat a la mínima

ja aneu cap al metge perquè us donin aquells dos bastons per a caminar! Que si no aguanteu res, que si sou unes nenes, i tota una sèrie d'improperis que no fa falta repetir. El discurs de sempre, vaja.

PASTOR
Si, ves, al final l'Anna tenia raó.

EUDALD
La nena se'n va anar a dormir al prat amb les ovelles.

MARIA
I do, algú les ha de vigilar! I el pare no podia.

EUDALD
El Pastor em va assegurar que el dia següent marxaríem a les set, per això em va decebre tant la seva actitud del matí. Em vaig acomiadar dels bretons i de la parelleta i me'n vaig anar a dormir.

28. QUÈ HI FAS AQUÍ DALT?

CESC
Els bretons comentaven entre ells. L'Anna ens va preguntar pels cafès i l'Eudald que no volia ser mal educat però que també se n'anava a dormir. Els companys de taula van demanar unes infusions.
Vaig sortir fora, suposo que encara tenia els vicis de fumador, i l'amfitriona va venir amb dues cerveses.
—Que em vols emborratxar?

—No, només vull que em surti a compte tenir-vos aquí —i va tornar a somriure.

Vam seure al portal, d'esquenes a la llum de la recepció, l'un al costat de l'altre, mirant la foscor on hi havia les ovelles. Ella fumava amb calades ràpides, com si es sentís culpable a cada inspiració. Jo em moria de ganes d'un cigarret i vaig decidir encetar un tema.

—Et puc preguntar una cosa? —vaig dir.

Per entre els cabells que s'havia deixat anar, l'Anna em va mirar.

—Si vols preguntar alguna cosa, pregunta-la. No preguntis si ho pots fer, perquè corres el risc que et digui que no.

—També podries no contestar.

—A vegades un silenci o un canvi de tema diu més que una resposta —em va dir.

—Molt bé, tu manes! Doncs, què hi fas aquí? És a dir, com vas acabar aquí dalt?

—Ui, per saber això encara m'has de pagar moltes cerveses!

Una ombra ens va engolir. Els francesos venien a dir bona nit, que al dia següent marxarien aviat i que si devien alguna cosa. I l'Anna que no, que ja estava tot pagat.

—Ara de veritat —vaig tornar a insistir— que se t'hi ha perdut?

—Jo tampoc feia broma.

En el nostre silenci se sentia la música habitual de les últimes nits: grills i roncs de pastor. Un moment de calma que ella va trencar proposant que entréssim, que començava a refrescar. Sempre ha sigut fredolica.

El gos va sortir d'entre els sofàs mentre la seva mestressa anava a buscar més cervesa. Em va ensumar els pantalons i jo el vaig acariciar. Tot i que l'expressionisme alemany s'havia apoderat de la sala quan l'Anna havia apagat el llum central, vaig poder notar que anava ple de ferides de l'esquilada, la veritat és que la feina no era cap obra d'art.

—Com deixes que et facin això?

29. ELS MORTS A FORA, ELS VIUS A DINS

Anna

Vam seure als sofàs i li vaig dir que no creia que l'endemà poguessin marxar, que tal com havia vist el Pastor, no el veia capaç de pujar el que quedava.

Cesc

Jo li vaig contestar que no ho sabia, però que si ens havíem de quedar més dies havia d'avisar a la família perquè no pugessin.

—I parlant de família —em va dir l'Anna— allò que estaves fent la transhumància amb la teva àvia, anava en conya, no? O això de la invisibilitat és genètic?

—No exactament.

Em vaig aixecar del sofà amb un Espera't aquí que t'ho ensenyo i li vaig portar les cendres que encara estaven al tot terreny. No m'esperava la seva reacció, de fet ni hi havia pensat.

ANNA
Va i m'entra amb l'urna. "Et presento la meva àvia". Collons! Com volíeu que reaccionés? Fent-li dos petons?

CESC
Em va dir que no, que els morts a fora i els vius a dins. Que realment estava tarat, que la primera impressió que li havia donat la nit anterior era la correcta, i no sé què més em va dir.

ANNA
Però després em va explicar la història.

CESC
Bastant després perquè estava histèrica!

ANNA
No tant...

EUDALD
Jo sentia crits a baix, però no en vaig fer cas perquè havia de dormir per estar fresc en l'últim dia de rodatge.

CESC
La vaig asseure i li vaig explicar tot.

30. AMERICANOS, OS RECIBIMOS CON ALEGRÍA!

CESC
La meva àvia va nàixer a Sant Joan del Munt i en una festa major es van conèixer amb el meu avi que havia anat a visitar a un amic de la guerra. Van festejar un

temps i ell, finalment, va aconseguir casar-s'hi i emportar-se-la a l'altra punta del país. Estem parlant del que ara és una hora en cotxe però que en aquella època era massa lluny.

De joves hi havien tornat a visitar els meus besavis quan encara eren vius, però quan van morir, ja no hi van tornar. Deia que només li portava records i dolor. Quan ella es va anar fent gran, les ganes de tornar-hi van ser cada vegada més intenses. Recordo que m'ensenyava fotografies de quan ella era una nena: amb els seus pares, jugant al pati de casa, agafant aigua d'una font que sortia de la muntanya, però sobretot me n'ensenyava de les ovelles. M'explicava que cada any, quan els ramats arribaven de la transhumància, tots els nens baixaven a rebre'ls i feien l'última pujada amb els pastors. Em deia que era un dia de festa: es preparaven bons àpats, és guarnia el poble... Jo sempre pensava en *Bienvenido Mr. Marshall!*

Ella volia tornar, insistia molt, però sempre trobàvem excuses o altres coses a fer en lloc de portar-la. I va anar passant el temps. La meva àvia cada dia estava més dèbil, es feia gran molt ràpid, passava més estones en els seus records que en el present. El cap li començava a fer el burro i l'últim any, a mitjans de juny, va començar a no parlar d'altra cosa que de la transhumància: que si les ovelles ja deuen estar-se preparant, que si al poble tothom començarà a estar nerviós, que si ens hauríem d'arreglar els vestits, però que vigiléssim amb la terra vermella que després costa molt de sortir de la roba, o que anéssim escollint el pollastre per fer el rostit.

Es veia que començava a ser el principi de la fi, així que vam organitzar una excursió perquè pogués tornar, ni que fos una vegada, al seu poble. Però no va poder ser. La nit abans la vam haver d'ingressar d'urgència perquè no podia respirar i va resultar que el cor li fallava. Una setmana va estar a l'hospital, va morir el matí següent a la nit que li vaig prometre que quan sortís d'allà la portaria al poble.

ANNA
Quan em va explicar tot allò vaig entendre que no estava boig, que simplement estava complint la promesa que li havia fet a la seva àvia, així que vaig deixar que les cendres fessin nit a l'hostal.

CESC
La idea era pujar-hi caminant amb les ovelles i fer que pogués gaudir de tota la transhumància i de l'última pujada amb els nens.

ANNA
Però em va dir que pel que semblava hi arribaria en cotxe, si és que aconseguien arribar-hi.

CESC
Tot el tema de robar les cendres i demés, vaig preferir no explicar-li ja que la cosa semblava que anava una mica millor.

ANNA
No li vaig explicar el que es trobaria quan arribés

al poble, no sé si vaig fer bé, simplement li vaig dir que m'agradava el que feia i que passés el que passés, complís amb la seva paraula.

31. LES OVELLES HAN DE PASTURAR

EUDALD
A les set tot estava a punt: bateries carregades, targetes a la càmera i a la motxilla, les ovelles despertes, entrepans pel viatge, tot a punt. Només faltava el Pastor.

PASTOR
Havia passat una bona nit, però quan em vaig intentar aixecar, no en vaig ser capaç.

EUDALD
Jo li deia que sí, que no es podia tirar enrere ara que quedava tant poc. Que què se n'havia fet de la força dels pastors i de la superioritat dels de muntanya? Però ell que res, que necessitava descansar un dia més.

CESC
Suposo que a aquestes alçades ja coneixes l'Eudald i saps que no ho va dir ben bé així... De fet, ho vam sentir tots des de dins.

ANNA
"La mare que et va parir! No eres tant home? I ara mira't, plorant com una nena! Va, aixeca el cul i puja la puta muntanya, hòstia!". Més o menys va anar així.

Maria
Sí, l'home dolent cridava molt, però al pare, quant més li crides pitjor, així que jo ja sabia que si ell deia que d'allà no es movia, no ens mouríem pa, no.

Entrevistador
I les ovelles?

Maria
Li vaig preguntar al pare què havia de fer, m'ho va dir i ho vaig fer, sí.

Pastor
Les ovelles han de pasturar i vaig enviar la nena per prats que coneixia. Per un dia que engegués ella no passaria re, i així jo descansava una mica.

Eudald
Era com parlar amb una paret. No entenia res, ni de sacrifici, ni d'esforç, ni d'art i molt menys de terminis d'entrega. I a sobre va i em diu que pugi al poble a dir que arribaríem un dia més tard... Com si no tingués altra feina! Si tenia un dia de descans immerescut, jo no el desaprofitaria i començaria a revisar les targetes, a minutar i a fer el guió.

Cesc
L'Eudald va entrar a l'hostal maleint els ossos del Pastor i em va explicar la conversa. Li vaig dir que tranquil, que ja pujava jo al poble però que no li digués a aquell home que li havia tornat a agafar el cotxe.

Anna
Vaig pensar en acompanyar-lo però vaig creure que era millor que visqués sol en el que s'havia convertit el poble, tot i que tal com va tornar... No ho sé, crec que hauria sigut millor que li digués alguna cosa.

32. COM UN MATÍ QUALSEVOL: EUDALD

En Cesc va marxar amb el cotxe i jo em vaig tancar a l'habitació a revisar el material que tenia. Vaig començar a minutar i a crear-me una imatge mental de com quedaria el documental. De tant en tant, per relaxar el cervell i la vista, caminava per l'hostal. També em servia per reflexionar quan alguna idea se'm quedava encallada. En un d'aquests passejos vaig veure la col·lecció iconoclasta i desordenada de bandes sonores de l'Anna: començava per *Dr. Zivago*, seguia per *Philadelphia*, hi barrejava *El bueno, el feo y el malo*, molt allunyat *Star Wars*, en mig i de costat *Forrest Gump* i *Reservoir Dogs*... Un desastre d'ordre i de gust, tot i que alguna cosa se salvava, la majoria s'haurien de cremar.

L'hostalera feia les habitacions i netejava les estances, però ja us dic que silenciosa no era. Li vaig demanar que si podia fer menys soroll i al principi va funcionar, però després altra vegada em va tornar a turmentar el soroll de l'escombra contra els sòcols i el dels plats rentant-se a l'aigüera. Necessitava silenci. Calma.

Com que a l'hostal només hi érem nosaltres perquè els bretons ja havien marxat, un cop les habitacions van estar llestes vaig buscar la més apartada per organitzar el meu estudi improvisat, però quan hi vaig entrar m'hi vaig trobar un home en samarreta imperi. Tenia la taula plena de pintures i pinzells i em va mirar eixamplant el bigoti amb un somriure.

—Em sembla que s'ha equivocat d'habitació, senyor.

Estava desconcertat, així que vaig demanar disculpes, vaig tancar i em vaig ficar a la del costat. La cara d'aquell home em sonava.

Per fi, sol i amb aquella tranquil·litat que només trencava algun ocell emprenyant des de fora, em vaig posar còmode i vaig començar a donar forma a les primeres veus en off: eren dolces però al mateix temps punyents, carregades de romanticisme però també de duresa. Sentia cada paraula acompanyada de les imatges que havia vist, que havia filmat. Començava a notar els premis entre les mans... Fins que va entrar l'Anna amb el Pastor i em van dir que s'estaria en aquella habitació fins que poguéssim marxar.

La màgia va morir en aquell mateix instant, igual que la música el 3 de febrer de 1959. L'hostalera va dir que se n'anava a treballar l'hort i em va deixar sol amb ell. El Pastor no callava i sobretot m'interrogava de com era possible que jo estigués allà i el cotxe no. Que suposava que no hauria permès que aquell fill de mala mare l'agafés! Que havia deixat molt clar que no volia que tornés a tocar el cotxe i bla, bla, bla. Em va demanar que l'ajudés a treure's les botes i vaig accedir. Déu meu! Quina pudor va sortir d'allà! No podia estar a prop seu, es va estirar i jo li vaig tapar els peus amb el llençol intentant no sentir aquella fortor insuportable. Em vaig apartar dient que ho sentia molt però que tenia feina.

La xerrameca continuava, o cantava, i la pudor ja envaïa tota l'habitació, així que aprofitant que a part d'ell i del veí, que no tenia pinta de sortir massa, no quedava ningú a l'hostal, vaig baixar al menjador, em vaig posar la banda sonora d'*Apocalipsis Now* i vaig seguir treballant fins que va arribar en Cesc i allà no es va poder treballar més. Collons de nano, quan no era una cosa era una altra. És que ningú pensava en mi?

33. COM UN MATÍ QUALSEVOL: ANNA

Abans de marxar, en Cesc em va demanar si podia trucar. Li vaig ensenyar on estava el fixe i va parlar durant uns cinc minuts. De seguit, em va demanar com anar al poble i va marxar.

Jo feia les feines de l'hostal com un matí qualsevol, però l'Eudald no parava de pujar i baixar les escales, de remugar amunt i avall, fins i tot em va demanar que escombrés en silenci! Jo no m'ho podia creure. Al principi vaig intentar-ho, però era una tonteria i vaig passar d'ell.

Va arribar un client nou, client per dir-ne d'alguna manera ja que no em va voler dir el nom i em va pagar amb papallones dissecades. Al principi vaig estar a punt d'ensenyar-li la porta de sortida, però em va fer pena, la veritat. Em va dir que seria per una nit i que si la cosa s'allargava, em donaria una papallona valorada en més de cent euros per cada nit de més. Jo vaig pensar que ja no venia d'un altre *tio raro* i que dormís allà no em costava calers. A més semblava inofensiu i molt cansat. Li vaig donar l'habitació més allunyada i petita i li vaig dir que els menjars sí que s'havien de pagar amb diners. Ell em va respondre que no patís, que no molestaria. Després de fer les habitacions vaig baixar al menjador a treure la pols. Sempre m'agrada posar una mica de música, tinc una bona col·lecció de bandes sonores, però em va semblar que els *CDs* estaven desordenats. Jo sóc molt simple: el que més escolto va a dalt a l'esquerra, el que menys, a baix a la dreta. Però no estaven així. El client nou no havia tingut temps material de fer-ho, per tant només estàvem l'Eudald i una servidora i sabia perfectament que jo no havia sigut. Buscava un ordre lògic que no trobava i em va obsessionar saber com estava ordenat el cervell de l'artista. No era alfabèticament, ni per autors de les BSO, tampoc per gèneres de pel·lícules ni per directors, perquè els del Tarantino els tenia junts i llavors ja no. Quan va tornar a baixar li vaig preguntar que què havia fet amb els *CDs* i em va dir que posar-hi una mica d'ordre. Ho vaig apostar tot i li vaig preguntar si era cronològic. Ell em va respondre que si, però segons l'estrena en aquest país, no l'estrena al país d'origen. I que els recopilatoris estaven al final. Vaig al·lucinar. També em va dir que me n'havia deixat uns quants separats en un calaix perquè, a menys que tingués una especial relació sentimental, els podia llençar tranquil·lament perquè eren autèntics malbarataments de notes musicals, però que si tenia algun amic sord o amb una intel·ligència limitada que me'ls hagués regalat, que els desés, però que no els deixés a la vista. Vaig preferir no contestar i marxar a veure com estava el Pastor. Era això o dir-ne alguna de grossa.

Me'l vaig trobar mig endormiscat al mateix porxo del costat de l'hostal on l'havíem deixat. Li vaig preguntar com es trobava, si li feia mal i ell em va confessar que si, que creia que s'havia fet mal de veritat. Mai l'havia vist tant sincer i també em va fer pena, no sé què em passava aquell dia. Li vaig proposar que entrés i agafés una de les habitacions per poder descansar millor. Allà va sortir altra vegada ell... "Això m'ho dius per fer negoci! Jo mai he pagat per dormir i mai ho faré!".

A punt vaig estar de dir-li que allà es quedava, però m'ho vaig repensar i li vaig dir que no, que no li cobraria, que només era perquè descansés i el pogués deixar de veure el més aviat possible. Els dos vam somriure i ell va acceptar.

El vaig acompanyar fins a l'habitació, vaig pensar que tampoc feia falta masses luxes i li vaig donar la segona més apartada i ronyosa de l'hostal, que comunicava amb la que li havia donat al de les papallones. La feia servir quan venien famílies amb nens perquè podien obrir la porta d'enmig i tenir una habitació pels pares i l'altra pels fills però podent-los controlar. En la meva ment es van acumular imatges del Pastor i el de les papallones comunicant-se en Morse amb copets a la fusta, però totes em van marxar del cap quan vam obrir la porta i ens vam trobar a l'Eudald només en calçotets recitant no sé què collons. Vaig tornar a preferir no dir res, només Si no et molesta te'l deixo aquí perquè pugui descansar. No sé què em va dir ell perquè jo ja estava marxant a cuidar una mica l'hort, com cada matí, i a esperar que arribés en Cesc.

34. UN ENTERRAMENT SENZILL I LAIC

Cesc
Vaig trucar a casa. Ma mare seguia emprenyada i més quan li vaig dir que el viatge s'allargaria.

Miquel Quintanilla
Pare d'en Cesc
La meva dona, ja s'ho pot imaginar, portava dies patint i nits sense dormir. Tenir a la seva mare voltant per la muntanya no li feia cap gràcia. I menys quan li va dir que aquell dia no arribarien a lloc.

Montserrat Ventura
Mare d'en Cesc
Per la mort de Déu! Però si ja ho teníem tot llest per pujar.

Miquel Quintanilla
Pensàvem parar a mig camí a dinar a la fonda d'un poblet que coneixia. Ja teníem taula encarregada i tot! Em va saber un greu haver de trucar per dir que no hi aniríem... No volia fer-los anar malament, però és clar que no pujaríem només per fer un àpat i tornaríem a baixar.

Cesc
Ma mare només patia per les cendres: que si estaven bé, que si com tingui una rascada l'urna veuràs, que el que vas fer no sé si t'ho perdonaré mai... I jo que sí, que tot estava bé. Però de fet, em mirava l'urna i veia l'esquerda que tenia i pensava que allò no era bo.

Montserrat Ventura
Li vaig dir que agafés el cotxe i pugés al poble i acabéssim d'una vegada amb aquella història, i que si després volia acabar la maleïda transhumància, ja ho faria. Però ell que no, entestat en que les cendres havien d'arribar amb les ovelles. No sé d'on ha sortit tant cabut!

Àvia
Per boca de Lucía de Día
Jo sí...

Miquel Quintanilla
Vam quedar que ens trucaria quan poguessin seguir.

Cesc
La veritat és que jo pensava deixar les cendres a l'hostal, però vaig pensar que no sabia com acabaria aquell viatge, així que millor emportar-me-les i que tornés al poble com a mínim una vegada. Si després hi podíem arribar amb les ovelles, doncs benvingut seria! Si no, ja estava fet.
L'Anna em va indicar com arribar al poble, vaig posar l'àvia al seient del copilot amb el cinturó de seguretat i vaig enfilar amunt. Mirava les cendres de reüll mentre conduïa per una carretera asfaltada de doble sentit però massa estreta perquè hi passessin dos cotxes.

L'urna es movia de manera preocupant però semblava que no cauria, les paraules de ma mare se'm repetien dins el cap. Els arbres bordejaven el quitrà calent i sorprenentment el tàvec seguia viu dins el paquet de tabac. L'asfalt es va convertir en ciment quan va començar la pujada forta. Pensava que el poble estaria més a prop, però no era així, començava a entendre perquè les ovelles feien drecera per la muntanya.

A aquella alçada, el verd del paisatge s'havia menjat el groc que feia dies que respirava i les herbes sortien per les esquerdes d'aquell terra gairebé blanc sobre el que rodava. La temperatura baixava a cada metre que pujava. L'aire fresc i net em va omplir els pulmons. Em purificava. A la dreta, una paret de roca negra i molsa: la muntanya. Un doll d'aigua en sortia incansable.

—Ho recordes això àvia? Em sembla que tens una fotografia omplint el càntir. Anaves amb un vestit clar i el cabell recollit en una cua, la recordes?

Vaig aturar el cotxe prop de la font natural, m'hi vaig acostar i vaig beure. L'aigua era freda i amb regust terrós, densa, aspra, però allò deuria ser l'aigua pura i bona de la que sempre em parlava. "Això no és aigua", em deia quan obria l'aixeta de casa, "al poble sí que teníem aigua, això és tot química".

Àvia

Quina il·lusió em va fer! Gairebé vaig estar a punt de demanar-li que em fes una altra fotografia a la font. Sabia que aquella no era la pujada bona, que la de veritat seria en uns dies amb les ovelles, però no podia evitar estar emocionadíssima! Tornar al poble, veure la gent amb la que m'havia criat, la casa on vaig nàixer... Tot!

Cesc
Amb les finestres obertes i la muntanya corrent-me pels pulmons i les venes, vaig seguir el meu camí. Unes corbes més tard divisava el que em pensava que eren els afores del poble però que va resultar ser el poble en sí. Quedaven quatre o cinc cases en peu, la resta, runes apilades i parets que esperaven la pròxima ventada per descansar per sempre. El motor d'un cotxe era un so estrany per aquella gent que van sortir a rebre'm amb els passos cansats del que porta vuitanta anys de treball a l'esquena.

Àvia
Quina pena! Allò ja no era el meu poble! On estava tot el que recordava? Les masies, els sembrats, els corrals. Allà només hi quedaven vells.

Cesc
Recolzats en bastons i caminant amb dificultats, sortien del que algun dia havien sigut masies i s'acostaven cap a la carretera. Només un avi no es va moure, seguia pelant faves assegut a l'entrada de casa. "No hi sent", em va semblar que em deia la meva àvia.

Àvia
Era en Millet, de jove va tenir un accident de caça i des de llavors es quedà sord com una tàpia.

Cesc
Vaig baixar del cotxe acostant-me a ells. Els ulls m'investigaven rere vidres gruixuts muntats en pasta.
—Bon dia, venia a informar que avui no arribaran les ovelles, el Pastor m'ha dit que potser demà.

—Molt bé —va respondre un home brut de fang i amb la pell torrada pel sol.
Les dones van fer mitja volta i van entrar, la novetat havia passat i tocava tornar a les obligacions. Els homes es van posar a xerrar entre ells. Tenien un debat acalorat on, entre crits, gesticulacions i sons guturals, buscaven una zona incerta de la muntanya. Les cares amb barba de qui s'ha afaitat molt aviat; les arrugues, blanques a l'interior, que mostraven l'expressió pètria de treballar al sol; els cabells grisos repentinats amb clenxa al costat que es deixaven veure quan es treien la boina; el bigotet. Tots ells em recordaven al meu avi.

—Perdonin que els molesti —els vaig interrompre—, potser algun de vostès coneixia a la meva àvia: Rosa Fleca, els sona?

Àvia
Estaven molt vells, però em sembla que els vaig reconèixer a tots: en Franciscu, en Tomeu, en Gervasi i diria que l'altre era en Tomàs.

Cesc
Els homes em miraven ofesos per la interrupció i es miraven entre ells com si intentessin unir els cervells per fer una memòria més poderosa. Finalment un d'ells va exclamar.

—La nena de can Mas Petit!

Una remor va sorgir del seu petit grup estanc, murmuris, riures i repassades al foraster que els portava records d'infància. El mateix home es va tornar a dirigir a mi.

—Com està la nena de les faldilletes? —i tots van riure per sota el nas, fins que els vaig dir que havia mort i van veure la dalla una mica més a prop dels seus caps i l'urna al seient del copilot.

Àvia
No és per supèrbia, encara que ara ja tan se me'n dona, però en la meva època em feia mirar!

Cesc
L'home es deia Bartomeu, però tothom li deia Tomeu i es va negar a que li digués senyor. Després de donar-me el condol, els homes havien tornat a les seves tasques però ell es va oferir a ensenyar-me el poble. "Aviat està vist", em va dir, "però potser t'agradaria conèixer la casa de la teva família". Vaig agafar l'urna i el vam seguir.

Tomeu Parera
Veí de Sant Joan del Munt
No em sentia còmode amb les cendres de la Rosa tant a prop. Em recordava que jo també moriria i que no faltava gaire.

Cesc
Estàvem davant d'un munt de pedres en un petit terreny. Respirava profundament l'aire dels meus avantpassats; tornava a la terra de la que havia sortit i mai havia conegut. El meu paradís perdut.
—Això és can Mas petit, però ja veus que en queda ben poc, com de la resta del poble —es va quedar mirant les runes, i jo també—. Abans era un poble ramader, saps? Tots aquests prats de per aquí estaven plens

d'ovelles i cabres, veníem la llana, la carn, fèiem formatges, però tot es va anar perdent.
 Vaig mirar-li els ulls vidriosos per les cataractes i les llàgrimes que intentaven sortir. Una guerra havia arrasat el poble i can Mas Petit, però no havia sigut una guerra d'artilleria i bombes, no, havia estat el progrés.
 —Els joves van preferir les fàbriques de la ciutat. Veus allà —em va senyalar un poble i un polígon industrial que hi havia al fons de la vall— allà és on està el nostre poble ara. Les dones no volen homes que treballin tot el sant dia en una feina bruta com la de pastor. I els vailets, per fer contents aquells conillets, canvien de feina, de vida i de família. Sempre és la mateixa història. Tots perdem el cul per uns pits ben posats!
 —I pujaran quan arribi el ramat?
 —Per què haurien de pujar? —em va dir estranyat.
 —La meva àvia m'explicava que quan era petita tots els nens baixaven a rebre les ovelles i feien l'última pujada junts.
 —Ai fill meu, això fa molt de temps que no es fa. Al poble no hi ha nens, de fet només hi ha vells encorbats que busquem la nostra tomba. I els d'allà baix —i va tornar a senyalar a la llunyania— ni tan sols recorden que les seves arrels són dalt de la muntanya.
 —Així ja no es fa cap festa quan arriben les ovelles?
 —Les ovelles arriben, es fiquen al corral i, al dia següent, s'engega i es porten als prats. És tot el que passarà fins al setembre.

ÀVIA
 La meva casa, els meus records, tot per terra. Si hagués tingut líquid al cos hauria plorat.

Cesc
Em començava a descompondre partícula a partícula i vaig tenir por de convertir-me en part del decorat d'aquella escena de postguerra, així que em vaig acomiadar amb un Moltes gràcies i un Fins demà o quan sigui i un Que he de marxar. Molt educat, en Tomeu em va dir que no feia falta que aviséssim i em va acompanyar fins el cotxe indicant-me com sortir del poble, tot i que era més un detall de cortesia que una necessitat en si.
Vaig començar a desfer el camí: no hi havia nens, ni festa, ni res del que m'havia imaginat. Tot el que la meva àvia coneixia havia quedat reduït a pols igual que ella. Tot aquell viatge, tota la seva simbologia, esmicolat en dues frases. I vaig plorar.

Àvia
Jo no em vaig poder aguantar més i vaig parlar. A la primera frase quasi ens estimbem de l'ensurt que li vaig donar! Vaig sortir disparada del cinturó de seguretat, vaig picar contra la porta, vaig caure a terra del cotxe i em vaig esquinçar més les vestimentes.

Cesc
Vaja, que l'esquerda es va fer més grossa...

Àvia
Li vaig dir que tot aquell viatge, sense nens, sense poble, no tenia gens de sentit.
—Ho sé —em va dir—però què vols fer? Deixar-ho tot?

—Això ja no és casa meva, l'únic que m'ha recordat una mica el meu passat ha sigut la font.
—I què? Vols que et deixi allà?
—Sí.
—Va, no diguis tonteries. Tornem a l'hostal.
—No, deixa'm a la font.

Cesc
   No m'ho podia creure, no podia ser, no podia estar parlant amb la meva àvia. Estava morta! Vaig baixar del cotxe, vaig sentir la remor de la font a la llunyania i vaig enfilar cap allà. La veu de la meva àvia em perseguia.

Àvia
   —Deixa'm aquí, no vull tornar a casa, a cap casa. Jo ja no tinc casa.
   —No té sentit, no té sentit! —cridava el meu nét.
   —Només aquesta font segueix rajant com recordava, la resta s'ha fet vell igual que els meus companys de jocs, o s'ha mort igual que jo.

Cesc
   Vaig ficar el cap sota l'aigua gèlida intentant que se'm congelés el cervell. Tenia fred però ella seguia dient que la deixés allà.

Àvia
   Com tu dius, res té sentit, deixa'm aquí, deixa'm acabar de morir. Vés, viu i no tornis mai per aquí, no val la pena. Això també li vaig dir.

CESC
Vaig tornar a fer cap el cotxe i vaig conduir altra vegada fins a la font. Vaig agafar l'urna i la vaig abraçar.
—Deixa'm aquí i no miris enrere.
—No.
—Deixa'm aquí i no miris enrere.
—No!
—Francesc!
Entre llàgrimes li vaig fer un petó i la vaig deixar al costat del doll d'aigua.

ÀVIA
Just em va deixar em vaig sentir sola, abandonada, però era el que havia demanat. Volia dir-li que no m'abandonés allà, que m'havia equivocat, però les paraules no em sortiren, estava morint de veritat.

CESC
Vaig mirar-la una última vegada esperant que em digués que no, que no la deixés, que volia tornar amb mi, però només vaig sentir l'aigua picant contra la roca. El tàvec havia mort. Li vaig fer un enterrament senzill i laic i vaig marxar mirant l'urna com s'allunyava pel retrovisor.

ÀVIA
El meu nét va desaparèixer i em vaig adormir en un somni del que creia que ja mai més despertaria, un somni més profund que la mort mateixa: l'oblit.

CESC
L'aigua em degotava dels cabells, m'amarava la cami-

seta i trobava camins per arribar fins el cul. Tenia els mugrons de punta i començava a tremolar. Sense nens i sense la meva àvia, ja podia tornar cap a casa.

35. NO EM PREGUNTEU QUÈ EM VA AGAFAR

Anna
En Cesc va arribar omplint de pols el camí. Anava molt ràpid, va parar al costat de l'hort, ni em va saludar quan va baixar del cotxe, i va entrar cap a l'hostal.

Eudald
Se'l veia atabalat però no podia estar per a ell. Vaig veure que anava directe a la nevera i es bevia una cervesa i n'obria una altra. Allà vaig deixar de parar-li atenció. Sabeu aquell moment en que les paraules flueixen entrellaçant-se sense que tu tinguis cap control sobre elles? Jo estava en aquell punt i no el podia desaprofitar. Vaig apujar la música i vaig seguir.

Cesc
L'Anna va entrar a la cuina i em va preguntar que què tal havia anat pel poble i jo que allò no era un poble i ella que ja, que feia molt temps que havia deixat de ser-ho.

Anna
"Que ho sabies i no m'ho havies dit? Per què? M'hauria estalviat el disgust de la meva àvia i haver de deixar-la a la font!" Clar, quan em va dir això no sabia per

què preguntar abans i em va semblar més sensat preguntar pel que entenia, però ell m'ho va explicar tot.

Cesc
Que el poble estava en runes, que en Tomeu me l'havia ensenyat, que ja no hi havia festa ni nens i que quan estava de tornada la meva àvia m'havia parlat i m'havia dit que la deixés a la font perquè aquell era l'únic record bo que li quedava.

Eudald
I de cop la puta hostalera se m'acosta per darrera i m'apaga la música dient que no podia pensar amb tant de soroll.

Anna
Jo intentava raonar amb en Cesc de que el que havia fet era una tonteria i el *putu* Coppola i les seves valquíries no em deixaven ni sentir els meus pensaments.

Eudald
Jo, naturalment i com comprendreu, el que no em deixava pensar eren les seves veus, així que la vaig tornar a apujar.

Anna
No em pregunteu què em va agafar perquè no ho sé, però vaig aixecar l'equip de música i el vaig estampar contra terra. El cregut aquell es va quedar mirant-me i li vaig dir que si deia una paraula més, seguiria amb el seu cap.

Cesc
Va ser espectacular, fins i tot jo, que estava a l'altra punta de l'habitació, em vaig acollonir; però la veritat és que em va servir per centrar-me una mica. I la cara de l'Eudald no tenia preu...

Eudald
Vaig veure que se li havia anat el cap i vaig decidir que quan estigués més calmada ja li comentaria que a un artista no se'l pot molestar d'aquella manera quan està creant.

Anna
Aviam Cesc, dius que la teva àvia t'ha parlat? Li vaig preguntar mentre ell mirava a terra.

Cesc
Sí.

Anna
I que l'has abandonada a la puta font?

Cesc
Sí.

Anna
Tu estàs malament del cap? Mira, que et parli ho comentarem després, però ja pots agafar el cotxe i anar cagant llets a buscar les cendres.

Cesc
No.

Anna
Com que no? Els teus pares et van donar les cendres perquè fessis amb elles la transhumància i poder-les escampar pels prats.

Cesc
Aquí la vaig interrompre i li vaig dir que de fet no me les havien donat, que les havia robat i que estava tenint bastants problemes per allò. Es va quedar callada un moment i, quan suposo que va assimilar la informació, va continuar.

Anna
Millor m'ho poses: t'has arriscat a robar les cendres i a tenir una emprenyada monumental amb els teus pares, has caminat o conduit no sé quants quilòmetres, has fet nits al ras i ara, ara que estàs tant a prop, ara ho deixaràs córrer tot?

Cesc
Sí.

Anna
Collons Cesc! Desperta! Reacciona!

Cesc
I una bufetada em va caure a la galta esquerra.

Anna
D'alguna manera l'havia de fer reaccionar!

Eudald
Jo vaig decidir marxar.

Anna
Fem una cosa, t'acompanyo a la font aquesta on has deixat les cendres, preguntem a la teva àvia si realment es vol quedar allà i si em diu que sí, no insistiré més. Però si diu que no, o com sospito, no diu res, ens les tornem a emportar i segueixes el pla. Entesos?

Cesc
Ja no sabia què dir-li, així que vaig accedir.

Anna
Si és que una hòstia a temps evita molts problemes.

36. COMUNICA

Cesc
L'urna seguia allà, només resava perquè el precinte de la tapa hagués resguardat les cendres de les gotes d'aigua que l'esquitxaven. Em va fer pena veure-la tant sola. Vam baixar del cotxe i l'Anna em va dir que li preguntés.

Anna
Sents alguna cosa? I ell que no, que no hi havia resposta.

Cesc
Ella em va dir si em feia res que ho intentés. Es va acostar a l'urna i li va dir "Senyora Maria, el seu nét diu que vostè es vol quedar aquí, però vostè i jo sabem que no és així. Segur que només ha sigut un rampell i ara se'n penedeix, no és així? No s'esforci en contestar, a no

ser que realment es vulgui quedar aquí, perquè si no diu res, jo mateixa m'encarregaré que el seu nét la torni cap a l'hostal".

ANNA
Jo no vaig sentir res i ell tampoc.

ÀVIA
PER BOCA DE LUCÍA DE DÍA
Que maca aquella noia, tenia tota la raó. No volia quedar-me allà! Intentava donar-li les gràcies, però no tenia forces.

ANNA
Doncs res, crec que és hora de tornar els tres cap a l'hostal, no creus? Alguna cosa així vaig dir. Ell va conduir en silenci.

ÀVIA
M'agradava estar entre els braços de l'Anna, era càlida i em sentia més segura.

CESC
Quan vam arribar, l'Anna em va fer seure a la terrassa, em va dir que em preparava un vermut i que parlaríem de les veus que sentia.

37. ELS QUE PARLEN SÓN ELS VIUS

CESC
Mentre esperava l'Anna, em vaig fixar en la decoració de terrassa: les cadires i les taules que en un prin-

cipi havien sigut de color vermell Estrella Damm, havien deixat pas al rosa pàl·lid menjat pel sol. El tendal de Coca-Cola estava estripat de masses estius desplegat i tants més hiverns a la intempèrie. També em vaig fixar que el Pastor no estava al cobert. L'Anna va sortir amb dos vermuts negres amb oliva, unes escopinyes amb salsa Espinaler, xips i uns talls de truita de patates escalfats al microones. Em va dir que li havia deixat una habitació al Pastor.
—Que bé que vius! —vaig exclamar—. Cada dia és així?.
—L'aperitiu hauria de ser obligatori per llei —i em va acostar el got—. Té, beu, t'anirà bé.
El glop dolç i fresc em va despertar els sentits adormits. Ella em mirava mentre punxava una escopinya. "Només hi ha una norma", em va dir, "les escopinyes d'una en una". Vaig sucar les xips a la salsa i em vaig empassar un tros de truita de patates.
—Millor?
—Si, gràcies —vaig aconseguir pronunciar després de tirar avall la densa truita amb un altre glop de vermut.
—I ara explica.
—Em parla, sé que et semblarà que estic boig, però la sento dins el cap.
—I què et diu? -em va preguntar.

ANNA
Em va explicar tot el que li havia dit a muntanya i el que li havia semblat sentir abans. Jo l'escoltava mentre escurava el pinyol de oliva del Martini. Sé que és millor posar-les sense, però no en tenia, només hi havia arbequines.

Cesc

Ella es va encendre un cigarret i, després de treure el fum, em va dir "Els morts no parlen".
—Què?
—Els morts no parlen i les cendres menys. Els que parlem som els vius i, a vegades, de formes que no ens esperem.
—Però jo la sento! –vaig replicar.
—Tu sabràs el que sents, tant al cap com aquí dins —i es va posar la mà sobre el pit.
Vaig mirar el cotxe aparcat més amunt. Brillant sota un sol de justícia. L'Anna es va aixecar, va portar l'urna del cotxe i la va deixar sobre la taula.
—L'has obert alguna vegada?
—No.
—Doncs obre-la.
—Perquè? —li vaig preguntar.
I ella va desenganxar el precinte de la tapa.
—Vigila no es trenqui —vaig dir—, he tingut alguns problemes durant el viatge.
Amb cura, la va acostar cap a mi i em va tornar a dir que la obrís. I ho vaig fer. En van sortir parts microscòpiques de la meva àvia. Semblava que no s'hagués apagat del tot i encara fumegés.
—Mira dins, què hi veus?
—Cendres.
—I aquí? —em va dir senyalant el cendrer.
—Cendres.
—I perquè unes parlen i les altres no?
—No són només cendres, són la meva àvia, són el que queda d'ella.
—No, són el que queda del seu cos, la roba, el taüt i qui sap si parts d'altres persones que van ser incinera-

des abans. La teva àvia no és això, la teva àvia són els records que en tens d'ella i tot el que en vas aprendre. Les fotografies que deus tenir en àlbums són més ella que aquesta pols grisa. Toca-les, ensuma-les, no notaràs res que et sigui familiar.

Vaig estar temptat a tocar-les, però finalment vaig posar la tapa i vaig demanar un cigarret a l'Anna per intentar calmar-me.

ANNA
No sabia que fumessis!

CESC
Mentre me l'encenia li vaig dir que no fumava, que ho havia deixat.

ANNA
Sí, ja ho veig.

CESC
Que bo que estava! Saps, li vaig dir a l'Anna, amb un amic em va intentar convèncer que el motiu pel qual fumem és perquè tot fumador busca sempre aquell primer cigarret, aquell que mareja, que col·loca, però de tant buscar-lo acabem farts de fumar. Ella em va dir que el primer cigarret l'havia fet vomitar, i vam riure.

ANNA
Vam estar una estona xerrant. Em va preguntar per si hi havia molta feina, em va preguntar per l'hort i per si no em feia por estar sola allà dalt. Ens vam conèixer una mica més.

Cesc
Em va dir que a l'estiu hi havia més gent que a l'hivern, que a l'hort el problema eren les males herbes perquè mai hi havia manera de treure-les totes, que un cop t'hi acostumes, el silenci de la solitud és agradable, també em va preguntar per mi, que a què em dedicava, si feia sempre de xerpa, que si era de Barcelona, que si hi havia algú a la meva vida.

Anna
I ell que era muntador, no xerpa, però que de feina cada vegada n'hi havia menys, a la resta va contestar que no i que feia massa temps que no, i quan vaig voler investigar més va sortir l'Eudald.

Cesc
Cridant va dir "En aquesta casa es dina a alguna hora o hem de morir de gana"?

Eudald
L'estança i la manutenció la pagava de la meva butxaca, per tant, el mínim era estar ben atès, tenir els àpats a l'hora que tocaven i una habitació neta. Això últim ja vaig notar que hi hauria de renunciar.

Anna
Em va recordar el Pastor. Suposo que tot lo bo s'enganxa...

Eudald
Li vaig dir a en Cesc que m'havia hagut de menjar un bon moc del Pastor per culpa seva, perquè li havia prohibit agafar el cotxe i ho havia fet.

Cesc
Quins collons! Però si ho vaig fer per ajudar a l'Eudald! I ell m'ho estava retraient? També em va dir que el Pastor m'havia prohibit entrar a la seva habitació perquè no em volia ni veure. Què vols que et digui, tampoc en tenia cap ganes!

Anna
Vam entrar cap a dins i en Cesc va agafar la papallona amb que l'hoste m'havia pagat.
—Veig que en Jonson ha passat per aquí! —em va dir.
—No ho sé, no m'ha volgut dir el nom.
—Llavors segur que és ell!
—Que el coneixes? —li vaig preguntar.
—Més o menys, ens vam conèixer en un... en un bar, sí.
—Ets una caixa de sorpreses!
—Saps que és falsa, oi?

38. ALS ULLS D'UN EXPERT

Cesc
L'Anna em va dir que deixés la meva àvia on volgués. En principi la volia deixar a l'habitació, però no sé perquè però em va donar mal rollo. Bé sí que sé perquè...

Àvia
Per boca de Lucía de Día
Clar, perquè li parlava! Però quasi sempre havia estat callada... Així que no entenc perquè em va deixar allà.

CESC
Hi havia un moble, una calaixera dalt de l'escala, al replà, just al costat de la porta de l'habitació del Pastor. Vaig pensar que allà veuria passar més coses que no pas tancada tot el dia al cotxe. Al pis de baix, em va semblar que si venia algun hoste potser no els semblava de massa bon gust. Allà quedava més dissimulada.

ÀVIA
Veus, si m'ho hagués explicat així potser ho hauria entès, perquè sí que és veritat que no em vaig avorrir gens! Però vaig acabar malament per estar on no tocava...

CESC
Un cop dinats, vaig anar a portar un plat del que havia sobrat a en Jonson. Després de saludar a la meva àvia, vaig trucar a la porta.

—Estimat amic —em va dir en obrir—, quan vaig baixar d'aquella andròmina de cotxe ja et vaig dir que els nostres camins es tornarien a creuar! Quina alegria, passa, passa!

—T'he portat dinar.

—Gràcies però no tinc gana, em sembla que els vapors de la goma d'enganxar i els dissolvents m'han deixat ben ple.

—No diguis tonteries, el que passa és que no et deixen pagar amb papallones. Té, menja una mica que l'Anna està dormint la migdiada i no se n'adonarà si tu no li dius.

Va fer el gest de tancar la boca amb clau i amb un somriure i una reverència em va fer entrar. Anava amb pantalons i una samarreta imperi. Feia calor. Vaig veure que les marques que en el *puticlub* havia intuït que tenia al braç esquerre, li arribaven fins més enllà d'on tapava la samarreta. No sé si els efluvis corrosius de les seves obres d'art l'atipaven però vaig haver d'obrir la finestra perquè m'estava col·locant. Es veia l'hort i el camí: per ser la pitjor habitació no tenia mala vista. Mentre menjava li vaig comentar que potser havia mal interpretat el que li havia dit, però que jo no era pastor i li vaig explicar, per sobre, la història del documental. Ell simplement em va dir que ja sabia que de camp no era, però que n'estava segur que policia tampoc i que, per tant, estava tranquil. Com que havien fet amistat en el cotxe, li vaig comentar que la meva àvia estava sobre la calaixera.

JONSON

En Cesc mirava les papallones amb deteniment i em deia que amb més llum tampoc hi trobava defectes. Jo somreia en senyal d'agraïment, però sabia perfectament que no passarien l'examen dels ulls d'un expert.

CESC

Vaig tenir temps de fixar-me en les taques del braç, que no eren taques, sinó cremades en forma de papallona. Vaig pensar que la passió ja havia sobrepassat l'obsessió, però cada un amb el seu cos que faci el que vulgui.

—Un àpat excel·lent —va comentar quan va acabar—, inesperat i gustós. Moltes gràcies amic.

Jo que de res, que ja aniria estirant el que pogués de la cuina mentre estiguéssim per allà.

—Per cert, el noi aquest amb el que vas, vols dir que està massa bé del cap?

No puc dir que la pregunta em sorprengués.
—Jo també m'ho he estat plantejant aquests dies... Ho dius per algun motiu en especial?

Jonson
Per un moment no vaig saber què dir-li, però ja que no s'havia escandalitzat quan li vaig explicar les meves aventures amb la... diguem-ne... amb la veritat maquillada, vaig pensar que era millor no temptar la sort dues vegades en tant pocs dies. Així que li vaig dir que no i vaig canviar de tema.
—L'Anna sembla bona noia, oi?
—La veritat és que sí -em va dir.
—Però aquí tota sola... Algú li hauria de donar un cop de mà, aquest hostal necessita un home. Avui la veia a l'hort i pobrissona, allò no és feina per a ella.
—Si suposo que ha de ser dur.

Cesc
Em vaig tornar a atansar a la finestra i realment a l'hort hi havia més males herbes que tomaqueres. Vaig pensar que una mica de treball físic m'aniria bé per no pensar en el poble, els nens i la meva àvia.
—Veig que l'habitació comunica amb la del Pastor! –li vaig dir.
—Sí.
—Vigila que et deixi dormir, perquè ronca com un descosit!
La porta em va recordar a una que vaig destrossar a l'escola: el marc era massís, però el centre era de fullola fina.. Vam jugar a una espècie de ruleta russa on cada un donava un cop amb l'espatlla i el que l'arrenqués ha-

via de portar-la al director dient que s'havia trencat. Va aguantar dos cops i jo vaig ser el segon en disparar. Érem joves i estúpids.
Em vaig acomiadar fins més tard del Jonson i vaig baixar avall amb el plat buit.

JONSON
Jo em vaig tornar a ajupir davant de la porta lateral per mirar els meus veïns pel forat del pany.

39. ELS DETALLS SÓN IMPORTANTS

JONSON
Al principi només vaig veure l'habitació contigua amb el Pastor dormint al llit, de fet intuïa que era ell, perquè només veia un gran bony sota els llençols, però el secret de tot està en els detalls. Els detalls és el que diferencia una *Chrysiriadia rhipheus* d'una gran cagada. Per què em vaig haver d'embolicar amb una papallona tant complicada? Maleits detalls...

ENTREVISTADOR
Senyor Jonson, ens podríem centrar altra vegada?

JONSON
Sí, perdoni. Són els detalls, em perdo en els detalls. Doncs al costat del llit hi vaig veure la boina del Pastor recolzada sobre el seu bastó i les seves botes al peu amb el mitjons a sobre. Tot tal i com ho havien deixat abans de dinar. També hi havia el plat brut i buit sobre

la tauleta. L'estança semblava tranquil·la fins que, al cap de dos minuts d'estar mirant pel foradet del pany, una figura va travessar el decorat: el company d'en Cesc, aquell sàdic, l'Eudald, que anava en calçotets i mitjons, amb un paper a la mà, recitant, gesticulant i desapareixent del quadre. Després tornava a passar, s'estirava dels cabells, feia boles amb els papers i les llençava per terra. Mirava el Pastor dormint, li feia gestos amenaçadors i tornava a desaparèixer. Tots els artistes hem tingut moments de crisi creativa, però en vista de com va acabar, crec que aquell va ser el principi.

Per la finestra vaig veure com en Cesc agafava l'aixada i treia males herbes.

40. I DON'T WANT YOU TA-NA-NA-NA-NA

Anna
Als estius, si no tinc feina, m'aixeco de la migdiada quan la calor comença a amainar, així que aquell dia deurien ser sobre les set de la tarda quan vaig baixar cap a la cuina i vaig veure el Cesc sense camiseta, tot suat, brut de pols i picant l'hort. Una mica igual que el vaig conèixer però amb pantalons.

Cesc
Vaig veure que em mirava des de la finestra de la cuina. Recordeu l'anunci aquell de Coca-Cola light de fa uns quants anys?

Eudald
1995

CESC
Doncs semblant. No sabia si sentir vergonya o omplir-me *"d'orgullo y satisfacción"*. L'Anna va aparèixer amb dues cervesetes ben fresques.

ANNA
Era el mínim que podia fer. Acabava de treure'm les males herbes que jo portava tot l'estiu picant. Li vaig donar les gràcies i li vaig preguntar com estava.

CESC
Picar m'havia anat bé, les veus havien parat i el meu cos estava cansat i relaxat. Vam seure a beure'ns la cervesa en unes pedres que delimitaven la propietat amb el bosc. En una cantonada del pis de sobre, per la finestra, vaig veure en Jonson que també mirava i el vaig convidar a baixar.

JONSON
Sí, és cert, jo també mirava, no mirava com un noi treballava el camp, no sóc d'aquests, el que m'agrada veure són les interaccions humanes, la gestualitat, la informació no verbal que cada cos dóna i ens explica coses sense que ens n'adonem. Per exemple, quan en Cesc va veure l'Anna va posar tensa la panxa, no la va amagar sinó que la va posar més forta. També picava amb més energia. Per altra banda, l'Anna va sortir amb un caminar molt més femení que quan m'havia donat l'habitació. Detalls. Petits detalls que fan que entenguis una mica millor el món. Tothom menteix quan parla, els cossos no.

ENTREVISTADOR
I va baixar?

JONSON
Clar que sí! La proposta era clara: baixa que aquesta cervesa la pago jo! Qui s'hi hauria negat? Quan vaig arribar els dos bevien i fumaven i reien. Vaig acostar un tronc per seure davant seu. Pensava que no fumaves, li vaig dir a en Cesc.

ANNA
Tenia la seva gràcia sentir-lo dient que no fumava mentre tenia un cigarret encès als llavis.

CESC
Les cerveses es van succeir i vam haver de posar-ne més en fresc perquè s'estaven acabant. El vespre ens va caure al damunt i els mosquits començaven a saludar. En Jonson es veia que estava incòmode amb aquells nous amics, però no s'atrevia a dir res.

JONSON
Allà hi estava de convidat, qui era jo per espatllar aquella magnífica vetllada? A més, què hauria fet? Tancar-me a l'habitació i mirar el sonat i el Pastor? O dormir? Estava millor amb aquell parell.

ANNA
La veritat és que a mi els mosquits no em molesten, de fet quasi mai em piquen, però estava agafant fred, així que vaig proposar d'entrar.

JONSON
Gràcies a Déu!

Anna
I li vaig fer una proposta a en Jonson.
—Què tal se't dóna la cuina?
—Em defenso.
—Doncs si vols sopar, prepara'l tu que a mi em fa molta mandra.
—No te'n penediràs, senyoreta —em va dir— us faré un sopar que us hi llepareu els dits.

Cesc
Llepar-nos els dits no seria l'expressió més adequada...

41. ZUUL

Maria
Les ovelles estaven tranquil·les i en Colom em feia cas. És molt bon gos, sí. És molt intel·ligent, suposo que sabia que el pare m'havia deixat al càrrec i que ara manava jo. Jo tenia el poder, sí.

Entrevistador
I no et senties sola?

Maria
Sí, però la vida de pastor és així i m'hi havia d'anar acostumant, algun dia tot allò seria meu. Clar que llavors podria dormir a casa. Les nits era el que se'm feia més llarg. Eren fredes i humides, però algú havia de vigilar les ovelles! Ja ho havia dit el pare.

CESC
Quan vaig arribar la nena estava dreta amb les mans a la punta del bastó i recolzant-hi la barbeta. Em va sentir, va girar el cap i va tornar cap a les ovelles. M'esperava una altra reacció, potser el somriure que sempre feia, però no hi va ser.

MARIA
Si venia que vingués, però jo tenia feina.

CESC
Li vaig dir si tot anava bé i ella que sí i li vaig dir que baixés a sopar i ella va dir que no, que li pugéssim. No volia que mengés allà sola, de fet no volia ni que estigués sola tot el dia, allò no podia ser bo per a ella ni per a ningú, així que la vaig convèncer perquè baixés just quan el sopar estigués a punt, mengés ràpid i tornés amb el ramat.

MARIA
Però ell no em sabia dir quant faltava perquè el sopar estigués llest, per tant no sabia quan havia de baixar.

CESC
Va ser una negociació dura! Vaig tornar a l'hostal perquè en Jonson em digués exactament l'hora del sopar, però quan vaig arribar me'l vaig trobar assegut en una cadira de la cuina, amb un drap a l'espatlla, cara d'espant i res al foc.
—Què et passa? —li vaig dir— I el sopar?
—És espantós —em va contestar—. Espantós...
—El què?
—Obre la nevera.

M'hi vaig acostar amb por, sense saber què hi trobaria, però tenia al cap dues opcions: la primera era que quan obrís aparegués una llum incandescent i una veu cridés Zuul, la segona, i no menys probable, era que l'Eudald n'hagués fet alguna de les seves i ho hagués guardat a la nevera.

Entrevistador
Alguna de les seves?

Cesc
Mutilar alguna ovella, esquarterar el Pastor, no sé, alguna cosa així.

Jonson
No hauria sigut descabellat.

42. SOPA DE PAPALLONES

Eudald
Jo seguia treballant, visionant les imatges, minutant, enllestint un primer esborrany d'edició sobre paper amb el que tenia fins llavors. Necessitava *postits* de colors, no podia treballar sense *postits* de colors. El Pastor s'havia despertat i em deia que tenia gana i volia sopar.

Pastor
Aquell nano estava tant atabalat que ni se n'havia adonat que era hora de menjar. No sé què collons escrivia tanta estona, com si hi hagués tant per explicar: les

ovelles surten de casa, caminen i arriben a muntanya. Llestos. I jo tenia gana.

EUDALD
Com que no callava i ja m'havia desconcentrat, vaig baixar a mirar si l'hostalera tenia *postits* de colors.

CESC
Vaig obrir la nevera i l'únic problema que hi havia és que estava tant buida que feia eco. Tampoc és tant greu, vaig pensar, però en Jonson semblava no estar-hi d'acord. Segur que no hi ha res?

JONSON
Espero, amic meu, que no hagis llençat massa lluny les males herbes que has tret de l'hort perquè seria l'única cosa que ens permetria fer un bon caldo. Em va dir que no eren males herbes, només herbes en mal lloc.

ANNA
És d'una cançó de Bunbury.

CESC
Els dos ens vam posar a riure, vaig veure que l'Eudald havia sortit del seu estudi, parlava amb l'Anna i se n'anava a regirar l'escriptori. Ella va venir cap a la cuina.
—Què us fa tanta gràcia? —va preguntar.
—Teníem una interessant discussió sobre quina papallona donaria un millor gust i color a la sopa de males herbes. Jo dic que *Omithoptera priamus* perquè li donaria un toc més exòtic, però aquí, el nostre amic Cesc, que sembla que ha estudiat amb deteniment la fauna

autòctona considera que seria molt millor un grapadet de tàvecs.

—Però és clar —vaig afegir —, li he comentat que millor que obrim les capses de papallones i deixem els tàvecs pel dinar de demà, que a aquestes hores de la nit seria difícil trobar-ne.

Jonson
Què voleu que us digui, a les desgràcies se'ls hi ha de treure el *des* i quedar-se amb les *gràcies*, però jo em veia que un sopar que tenia pagat em quedaria sense menjar-me'l. Com a mínim teníem cervesa fresca.

Cesc
L'Anna reia i feia que no. L'Eudald va treure el cap per la porta i va demanar molt educadament, aquesta vegada ho dic sense ironia, que espaviléssim amb el sopar i que si us plau baixéssim el volum dels riures perquè allà no havíem vingut a divertir-nos. Naturalment, nosaltres encara vam riure més.

Jonson
Directament ens va enviar a la merda i va marxar.

Eudald
Collons, que matessin una ovella i tindríem carn per dies, ningú ho notaria pas.

Jonson
L'Anna em va mirar molt seriosa amb aquells ulls negres i em va dir "veig que ja has entès perquè t'he encarregat el sopar".

—Sabies que no hi havia res? -li va preguntar en Cesc.
—Clar, aquesta tarda havia d'anar a comprar després de la migdiada però m'heu entretingut. Ara demostreu-me que sabeu fer alguna cosa més que beure i entabanar un pobra i desvalguda mossa. Multipliqueu els pans i els peixos. Creeu!
—Voldràs dir que multipliquem els mosquits i les teranyines! —li va contestar en Cesc.
L'Anna va marxar amb un somriure burleta i ens va deixar altra vegada sols. Em queia bé aquella parella. Saps si encara segueixen junts?

Entrevistador
No, diria que ja no.

43. ALGÚ VOL REPETIR?

Cesc
La meva vida de solter m'havia donat alguns trucs per fer un parell o tres d'àpats quan la nevera estava buida. Amanida d'arròs va ser el menú. Un parell de tomàquets que vam anar a buscar a l'hort, uns fruits secs sense closca que vam trobar...

Jonson
La veritat és que feia mesos que estaven caducats, però en mig de la resta no es va notar. Els tomàquets encara eren verds, però es podien menjar.

Cesc
I no sabeu quant complicat és fer trossets d'olives

arbequines amb pinyol! Com que el sopar era fred vaig esperar a acabar-lo per anar a buscar la nena que va baixar corrent el prat. Quan vam arribar, la taula estava parada i tothom menys el Pastor ja estava a punt.

Jonson
En Cesc va arreglar bé el sopar.

Anna
Sí, no estava malament.

Maria
Suposo que els de ciutat mengen així.

Eudald
Jo només volia recuperar forces i seguir treballant.

Cesc
Era una merda immenjable.

Jonson
Sí.

Anna
Sí.

Cesc
Però tots es van portar bé, no van dir res i es van acabar els plats.

Jonson
Això sí, cap de nosaltres va repetir! Ja que no havia cuinat em vaig oferir a desparar la taula i netejar el

plats. Quan vaig anar cap a la cuina em vaig trobar l'Eudald aixafant pastilles amb una cullera sobre el marbre i tirant la pols al plat que estava preparat pel Pastor. "Antiinflamatoris", em va dir, "és que no se'ls vol prendre". Si no m'hagués somrigut en acabar la frase m'ho hauria cregut. Volia veure què passava, així que no vaig dir res. Ja sabeu, les relacions humanes m'apassionen!

Eudald
Pastilles? No! Li estava tirant sal perquè vaig trobar l'arròs una mica fluix, però vaig callar. En Cesc és molt sensible i segur que s'hauria ofès.

Cesc
Suposo que eren les pastilles per dormir que havia robat a ma mare.

Anna
També podrien ser els meus ansiolítics. Els tinc guardats a l'escriptori pels dies molt dolents. Una pastilleta i dormo com un tronc. Els deuria trobar quan buscava els *postits* i no sé quantes n'hi deuria donar, però quan l'últim dia vam entrar a l'habitació, la caixa estava quasi buida, i et dic jo que en una caixa de Diazepans n'hi van molts!

Maria
Li vam pujar el sopar al pare i li va demanar al senyor dolent que li pugés les coses del maleter perquè no se'n refiava que el senyor bo no li tornés a robar el cotxe.

Eudald
Vaig baixar a buscar-les i vaig comentar al Cesc que l'endemà encara no marxaríem, que el Pastor necessitava descansar un dia més pel cop a les costelles que ell li havia provocat. Vaig preferir que no entrés a l'habitació per evitar que s'esverés i va ser l'Anna la que em va ajudar a pujar els estris.

Anna
La caixa de plàstic amb les eines, la cinta adhesiva, la navalla, la corda, l'escopeta i, naturalment, les claus del cotxe. En Cesc em va recomanar que no toqués l'escopeta perquè deia que no estava massa neta. Vaig preferir no preguntar.

El Pastor estava assegut, amb l'esquena al capçal del llit, acabant de sopar i la filla el mirava dreta al seu costat. Li vaig preguntar com estava i ell em va mirar i va fer que no amb el cap. Vaig apartar una mica el llençol per veure-li el turmell i el tenia quasi negre. Li vaig dir que hauria d'anar a un hospital i, abans que em pogués contestar, l'Eudald em va dir que no hi tenia que anar a fer res a un hospital, que era un pastor i que els pastors no van al metge. Ell va seguir menjant.

Eudald
Era un cop només, qui va al metge per un cop?

Entrevistador
Al turmell?

EUDALD
Que no collons! Em cago en la puta llet que vas mamar! Quantes vegades t'ho hauré d'explicar perquè aquest cervellet universitari que tens ho entengui? Hòstia puta, al turmell s'hi va fer mal el dia que marxàvem de l'hostal. El que tenia llavors era un cop a les costelles. Aquesta vegada t'ha quedat més clar o t'ho explico d'una altra manera?

PASTOR
Li vaig dir a la nena que anés amb les ovelles i que tornés al matí, que li diria el que s'havia de fer.

ENTREVISTADOR
Però on tenies mal?

PASTOR
No us ho ha explicat l'Eudald?

ENTREVISTADOR
Sí.

PASTOR
I què us ha dit?

ENTREVISTADOR
Ens ha dit que un cop a les costelles.

PASTOR
Doncs això.

Anna
Li vaig explicar al Cesc com tenia el peu el Pastor i em va dir que deixéssim passar uns dies aviam què passava.

44. SONGBIRD: CESC

La nena va baixar el plat buit de son pare i va marxar cap el prat dient "Fins demà a les set". L'Anna i jo ens vam quedar sols en la petita sala d'estar del menjador. La foscor ens envoltava però nosaltres rèiem. Rèiem i els nostres cossos s'acostaven al ritme de cada història que explicàvem, de cada anècdota que posàvem sobre la taula. Batalles guanyades i perdudes, insignificants en una vida i aparentment supèrflues per a seguir els camins que ens havien dut a trobar-nos en aquell lloc remot. El gos va badallar sorollosament.

Vaig posar música, l'Anna em va dir que posés el que volgués, però que segurament els bons discos estaven al calaix. Segurament? Ella em va dir que millor no preguntés.

Kenny G, vaig pensar, Kenny G era la solució. El Sobrino del Diablo havia de tenir raó i era la música que s'havia de posar si vols triomfar amb una mossa.

El Sobrino del Diablo
Cantautor
És una introducció que faig en vàries cançons, explico com les noies posen Kenny G quan es fiquen al llit amb algú, a mi m'ha passat moltes vegades, bé, potser moltes no és exacte... Però que quan acabo la cançó sem-

pre demano: si us plau, si alguna de vosaltres algun dia es fica al llit amb Kenny G poseu-li un disc meu. Suposo que aquesta és la història a la que et refereixes.

Cesc
Sí, és aquesta. Jo la recordo d'*Acepciones del verbo poner*. Gran cançó.

El Sobrino del Diablo
Per cert, està corrent per entre els membres de l'equip de rodatge una llibreta per si us voleu apuntar a la meva llista de correu i assabentar-vos d'on i quan toco. He portat discos per si algú en vol comprar algun. Si no us agrada la meva música, també he portat samarretes amb el meu logo.

Cesc
Al calaix hi vaig trobar el *Carácter Latino*, el recopilatori aquell on hi havia *La Flaca*. Serviria.

Anna
Sóc una caixa de sorpreses.

Cesc
Per una estona vaig deixar de pensar en mi, en el futur, en la meva àvia, en la feina, en la transhumància, en l'Eudald i en el Pastor. Per una estona vaig poder ser jo, un jo que feia molt temps que no era, un jo que havia oblidat que existia i que havia oblidat que m'agradava.

Tornava a ser un adolescent flirtejant en qualsevol festa que algun amic organitzava aprofitant que els seus pares no estaven a casa. Tornava a seure en un bar ensabonant a una noia que m'agradava. Tornava a estar en alguna discoteca entre la barra i els lavabos esperant que ella passés per allà.

Les ments jugaven lliures a connectar amb paraules fets inconnexos: platja, manies, cuina, música, esport, odis, cinema.

M'aixecava, interpretava les històries en el petit escenari d'un espectador. Ella s'ho mirava asseguda, amb les cames arronsades sobre el sofà. El gos, de tant en tant, aixecava el cap. Bevíem i fumàvem com si el demà no existís. No m'importava, només volia que aquella nit no acabés, que els galls no despertessin el sol i aquella fos una nit eterna.

Quan em vaig asseure, ella va estirar les cames i les va posar sobre les meves. Vam parlar d'amors i desamors: dues ànimes soles. Les paraules es van fer més profundes a mesura que li acariciava el genoll, fins que de tant profundes ja no es podien pronunciar i el silenci es va apoderar de les nostres veus. Un fort cop al pis de sobre ens va despertar, com si alguna cosa hagués caigut a terra. Ella em va dir que venia de l'habitació del Pastor i no n'hi vam fer més cas.

Ens vam quedar mirant-nos als ulls. El cor se'm va accelerar quan li vaig agafar la mà. Ella l'acariciava amb el dit polze, però quan m'hi vaig acostar, es va aixecar dient que havia de preparar la cuina pels esmorzars del dia següent.

—Demà no esmorzarà ningú, només hi serem nosaltres —li vaig dir— i tampoc tens res que puguis preparar.

Es va quedar d'esquenes davant meu. No es movia. La seva mà seguia empresonant la meva. Em vaig posar dret i la vaig girar suaument agafant-la per la cintura.

El gos va refer el seu jaç buscant una millor postura per dormir, l'Anna mirava el terra i jo li vaig acariciar la galta amb el dors dels dits perquè aixequés el cap. Els nostres llavis a pocs centímetres, respirant el mateix aire, un sol ull a cada rostre. Un moviment lent, un acostament precís. El gos va aixecar el cap i va bordar.

45. SONGBIRD: EUDALD

Quan la filla va marxar, el Pastor em va intentar donar conversa però mica en mica es va anar apagant i finalment es va adormir. Roncava, però com que era un so constant, permetia concentrar-se. A més, amb els auriculars posats per escoltar les entrevistes gairebé ni el sentia.

No havia trobat *postits* de colors, però si alguns folis en blanc, retoladors de colors, tisores i una barra adhesiva de Pritt. Vaig tallar els folis en quatre parts i vaig escollir el vermell per a les entrevistes, el verd per...

Entrevistador
Per als profans en la matèria, podries explicar per què feies tot això?

Eudald
Collons, espero que tu sí que ho sàpigues!

Entrevistador
Jo sí, és clar!

EUDALD
Millor. Un documental no el muntes directament. A diferència d'una ficció on tens un guió previ, en el documental tu parteixes amb una idea i la realitat et va portant. Com deia Stroianovky "si tornes a casa havent filmat el que tenies previst, és que has intervingut massa en la realitat". Per tant, en una ficció tu tens els plans que van en cada escena de cada seqüència que una *script*, ara no explicaré què és una *script*, t'ha anat apuntant. Saps quins són bons, quins dolents i quins pots utilitzar si necessites recursos. Però en un documental no. En un documental tens plans i entrevistes i converses i veus en off i amb tot això has d'aconseguir crear una història que s'entengui i atrapi a l'espectador. És a dir, el guió es fa després del rodatge.

Per això, quan mires les imatges agafes *postits* de colors i els vas enganxant a la paret. Cada color és un tipus d'imatges, plans, veus en off, entrevista,..., i apuntes el TC, em refereixo al codi que apareix al clip i el número de la targeta. L'àudio, és a dir, les entrevistes i les veus en off, van en una columna i, al costat, en una segona columna, els plans amb els que cobriràs el text.

Que cansat és parlar per analfabets!

Però en aquell moment, com que no tenia postits, ho vaig fer amb folis blancs i retoladors de colors i ho enganxava amb la barra adhesiva a la paret.

Creus que ha quedat prou clar?

ENTREVISTADOR
Crec que sí.

EUDALD
Si muntes això en el tall final és que no en tens ni puta idea.

ENTREVISTADOR
Per què ho dius?

EUDALD
Perquè mata el ritme!

ENTREVISTADOR
Però dóna informació.

EUDALD
Si la informació la pots trobar en una enciclopèdia, perquè gastes metres de cel·luloide?

ENTREVISTADOR
Stroianovsky?

EUDALD
No, aquesta és meva.

ENTREVISTADOR
Molt bé, seguim, si us plau.

EUDALD
Doncs això: retolador vermell per a les entrevistes, el verd per a les veus en off. A la segona columna i en blau, els plans que sabia segur que hi anaven amb el

seu TC. Groc per a les converses. Mica en mica agafava forma.
  Una introducció perfecta de la vida a la plana, un retrat d'un Pastor que viu per a la seva feina, aliè a tot progrés, la realitat en contra d'un mon idíl·lic, un viatge obligat, una dura travessia amb entrebancs i morts i, de sobte, res. Una parada. Un forat. On estava el tercer acte? On estava el clímax? No podia tenir-lo fins que sortís d'aquell hostal i arribéssim a destí. Allò em tornava boig. Necessitava que el Pastor estigués bé i que pugés la muntanya, la poca muntanya que quedava. Necessitava que em donés el final de la meva història. Per mi millor si moria en l'intent i les cabres o ovelles o el que fossin se n'anaven escampades pel camp.

CESC
  Com cantava l'Albert Pla...

EUDALD
  Capullo!

CESC
  És Albert Pla.

EUDALD
  Jo només necessitava acabar aquella història. I veia que no podia, no hi havia més papers per enganxar perquè no hi havia més imatges per veure. Em movia per l'habitació donant bones vibracions al Pastor perquè l'endemà fos l'últim dia que estàvem allà. Però ell seguia roncant i vaig decidir baixar i buscar alguna cosa millor

per beure que la que m'havien servit uns dies abans en aquell escorxador de carn passada. I vaig sentir música! Com era possible si l'hostalera havia estimbat l'equip?

46. SONGBIRD: JONSON

Sabeu uns ocells negres que surten sempre als documentals del *National Geographic* que fan un ritual d'aparellament que consisteix en desplegar les ales i anar-se tapant la cara alternativament amb cada una? Doncs això és el que vaig imaginar que estava passant a baix: en Cesc exhibint-se davant d'una femella bastant predisposada. No feia falta fixar-se massa en els detalls per veure-ho.

Se sentia música i el so d'una conversa llunyana. A l'habitació del costat, exceptuant el roncs, tot estava en silenci. El nano estava a la seva taula escrivint, de tant en tant s'aixecava i venia cap a la meva paret amb un tros de paper i el perdia del camp visual, però tornava al cap de poc, es posava els auriculars i escrivia. El Pastor dormia. Res fora del normal.

Naturalment, jo no tenia televisor, de fet em sembla que només hi havia el de baix i, a mi, m'agrada agafar el son veient alguna sèrie o alguna pel·lícula que mai acabo, així que vaig sortir de l'habitació, vaig saludar la senyora i em vaig asseure al replà de l'escala per sentir millor les veus.

ÀVIA
Per boca de Lucía de Día
Em despertà, però va ser molt educat. Encara que no em va agradar que espiés el meu nét festejant.

Jonson
Seria la pel·lícula que tampoc acabaria aquella nit, però no pensava que es convertís en una pel·lícula d'acció.

Entrevistador
A què es refereix?

Jonson
Als crits que provenien de l'habitació de l'Eudald i el Pastor.

Entrevistador
Ell ens ha dit que li estava enviant bones vibracions perquè es recuperés...

Jonson
Jo no li diria exactament així a que l'agafés per la solapa i el sacsegés sobre el llit mentre li deia que el mataria si no podia acabar aquell documental.

Entrevistador
I el Pastor què deia?

Jonson
El Pastor dormia, o millor dit, estava inconscient. Després de totes les pastilles que li havia barrejat amb el menjar, l'estrany és que no el matés! I t'asseguro que

el començava a veure capaç. Fins i tot el va bufetejar alguna vegada i vaig arribar a témer que el colpegés amb el puny, però el cop va caure sobre el coixí. Llavors es va tirar a terra, va caure com un pes mort, i allà es va quedar una estona fins que va decidir, ja més calmat, sortir i baixar.

ENTREVISTADOR
Quan vas veure tot això no vas pensar en intervenir? Vull dir fer alguna cosa o explicar-ho als altres?

JONSON
Sap perquè m'agraden les papallones? Són vistoses i alegres, no conec ningú que els tingui por o mania com als escarabats, les abelles o, fins i tot, les erugues, que no deixen de ser elles en una vida anterior! No, a les papallones tothom les adora perquè amb elles arriben les flors i la primavera i són boniques, però t'hi has de fixar per veure-les. No fan soroll quan volen, no emeten cap so, s'amaguen a la vista de tothom i observen el seu voltant mentre mengen el nèctar. Com jo. Jo també sóc un observador professional, no intervinc en els esdeveniments, simplement deixo que passin i en prenc nota. Els estudio i així puc predir el futur. El comportament humà té unes pautes molt marcades, tots reaccionem de manera molt similar als mateixos estímuls, només canvia la intensitat i això depèn del caràcter. Un cop saps les reaccions de cada estímul, només et falta conèixer la persona i sabràs com acabaran les coses.

M'agrada apostar amb mi mateix sobre el que passarà, quan fallo, em marco com les vaques.

Entrevistador
Perdó?

Jonson
Tinc un ferro en forma de papallona, quan no encerto una predicció, el poso roent i em faig una marca al braç, com pots veure, he fallat moltes vegades. Però després d'aquells dies... Després d'aquells dies em vaig fer aquesta a la mà, tatuada, per recordar-me quant fallible era. És maca oi? Miri, miri. Em va costar els meus diners però val la pena!

Entrevistador
Senyor Jonson...

Jonson
Sí, sí... El que deia, tot el que va passar, tot el que va fer aquell noi... No entrava en les meves prediccions.

47. SONGBIRD: ANNA

Tinc els meus recursos i encara guardava un *discman* de quan anava a l'institut. Uns petits altaveus van fer la resta i fins que aguantessin les piles del comandament del la televisió i del DVD, tindríem música.

En Cesc em va dir que havia sigut un detall que deixés sopar en Jonson amb nosaltres sense cobrar-li. El vaig mirar i li vaig contestar que abans que em robessin el menjar preferia donar-lo jo. Ell no sabia com posar-se i li vaig dir que tranquil, que no passava res, que jo mateixa li hauria portat menjar si no hagués baixat a sopar,

però que si m'ho volia amagar, millor que rentés tots els plats.
L'alcohol va córrer molt, cervesa sobre tot, fins que en Cesc va trobar un Oban de catorze anys.

CESC
Estava al costat d'un cartró de tabac...

ANNA
El whisky el guardava per a una ocasió especial i vaig considerar que aquella ho era, no esperava que l'Eudald se l'acabés tot! Però mentre ell estava drogant el Pastor i ves a saber què més, en Cesc i jo vam gaudir d'una estona còmplice, entre cervesa i whisky, entre converses inacabables i amb el beneplàcit del Nolo que dormia tranquil.
Que si hauríem acabat follant? No era premeditat però sí que tot el que fèiem hi anava encaminat: jugàvem, parlàvem, intimàvem, ens tocàvem. Jo no crec en el destí, però sí que crec que tot existeix per algun motiu. En Jonson em va explicar que hi ha una espècie de papallones que quan fan la metamorfosi neixen sense boca. L'únic objectiu a la seva vida és reproduir-se i acaben morint d'inanició. No sé massa per a què serveixen aquestes, però segur que elles o les erugues que són abans, tenen alguna utilitat.

ENTREVISTADOR
No sé on vols anar a parar...

ANNA
Doncs que tot en la vida serveix per a alguna cosa,

fins i tot els dubtes, i en aquell moment a mi em van aparèixer. Dubtes de si fer o no fer, dubtes de tornar a caure en el que havia caigut molt temps abans i que per allò estava allà. Dubtes perquè em recordava a qui havia sigut i no m'agradava. De qui ja havia fugit. Dubtes que em va treure l'Eudald apareixent just quan tenia els llavis d'en Cesc quasi tocant els meus.

48. RECORDS D'ESCÒCIA

Eudald
Allò si que era whisky! Un Oban de 14 anys! Bona destil·leria i, en segons quin país, amb edat suficient per casar-se.

Cesc
Jo volia que l'Anna es quedés i treure'm de sobre ràpid l'Eudald, però en lloc d'això, l'Anna va marxar a dormir amb el *discman* i l'Eudald es va quedar fotent-se whiskys dobles.
—Cesc —em deia—, aquest documental serà la hòstia! Però hem de sortir d'aquí. Hem d'acabar aquest viatge i tu i jo ens farem autènticament famosos.

Jeremy Powel
Autor de **El documental y su oscuro mecanismo**
Ell, en aquells moments, ja era famós, no li venia d'aquest documental! Sí que és veritat que potser va ser el que el va acostar més al gran públic. Un públic que ell sempre havia odiat però que ara mateix li permet tenir la casa que té.

CESC
I ell s'anava servint Oban.

EUDALD
Quin plaer! La dolçor combinada amb cítrics i pera.

CESC
Sí, era un whisky bo...

EUDALD
Tenia tocs de sal marina i fumats, però no fumats com els que tenen els de les illes, un fumat molt suau... Una delícia.

CESC
Les algues marines que em va dir que havia de notar no sé si les meves papil·les gustatives van sentir-les perquè no sé quin gust tenen les algues marines. La qüestió és que fins a les cinc de la matinada vam estar bevent i xerrant. Ell sobre el documental, jo intentant-lo apropar a la vida, però no era possible, en el seu cap només hi havia aquella transhumància, aquelles ovelles i aquell pastor.

EUDALD
No entenia res. En Cesc seguia en el seu món d'Alícia on les coses poden ser en grisos i en color, però no, les coses són blanques o negres, t'has de posicionar, però ell sempre ha agafat un camí fàcil on, com deia Martí i Pol, "tot està per fer i tot és possible" quan, en realitat, tot està fet i només pots canviar-ho donant la teva visió. Diuen que no pots imaginar res que no hagis vist però sí que pots combinar-ho: has vist una muntanya d'or?

No? Però la pots imaginar? Sí. Perquè has vist una muntanya i has vist or.

Cesc
L'Eudald va beure molt. Bé, considero que tres quarts d'ampolla de whisky acompanyats d'algunes cerveses, és molt.

Eudald
El whisky bo té un problema, si n'hi vols dir així: per notar realment el gust l'has de barrejar amb alguna substància aquosa. Hi ha qui li afegeix aigua o li posa gel, a mi m'agrada fer com els escocesos i fer un glop de cervesa i un de whisky. De fet m'ho van ensenyar allà en un viatge que vaig fer: una parella va seure a la nostra taula perquè estaven totes plenes i ens vam passar la nit xerrant i tastant tota la destil·leria que tenien. Ell es deia Donny i era de les *Highlands*, no se l'entenia massa quan parlava però de whiskys en sabia molt. Ella era de Glasgow, es deia Margareth i deia que portaven vint anys casats i tampoc entenia l'accent del seu marit. Va ser una gran nit.

Cesc
A mi també em va explicar la història. Igual, igual. Crec que no recorda res més d'aquella nit escocesa. Suposo que tampoc recorda massa més de la que estàvem passant, perquè tornava a portar un pet que no s'hi veia. I seguia parlant del documental i de que jo havia d'estar callat perquè no se sabés que anava amb el cotxe, però també deia que em faria famós. Va acabar adormit en una butaca amb el cap penjant. El got es va trencar con-

tra el terra i ni així es va despertar. Vaig recollir-ho, vaig apagar els llums i vaig marxar escales amunt, però no sabia si anar a la meva habitació o a la de l'Anna.

49. MÉS ENLLÀ DEL TURÓ

Cesc
　Quan vaig obrir els ulls, estava sol a la meva habitació. Vaig ser l'últim en despertar-me, portava una ressaca descomunal. L'Anna feia hores que voltava i l'Eudald, no se com, també estava despert i treballant.

Anna
　En Cesc em va mirar amb els ulls vermells i vaig veure-hi la pregunta.

Cesc
　Ella em va dir que no havia passat res, cada un al seu llit. Que estigués tranquil, i m'hi vaig quedar, no perquè no hagués passat res, sinó perquè si passava, volia recordar-ho!

Àvia
Per boca de Lucía de Día
　La nena havia pujat a les set en punt per a rebre instruccions.

Maria
　Sí, vaig pujar i el papa em va dir que engegués pels camps que hi havia a l'altre costat del turó del mig. I vaig marxar, sí. L'Anna em va fer un entrepà sense tomà-

quet perquè no es posés ranci. Era bona també.

Pastor
Cagum Déu, quan em vaig despertar només veia que paperots enganxats a la paret i aquell boig movent-los de lloc, arrencant-los, llençant-los, posant-ne de nous. No sé pas què estava cardant.

Anna
Vaig haver de pintar tota l'habitació perquè quan vaig arrencar els papers, va saltar pintura i guix. Quina feinada em va donar l'imbècil!

Eudald
Em vaig llevar amb molta energia i el Pastor semblava que també perquè em va dir que un dia més i que creia que ja podríem acabar el viatge. Com a molt dos dies. Això em va fer revifar de la petita depressió creativa o existencial que havia tingut la nit anterior. Quan m'ho va dir vaig somriure i vaig seguir treballant.

Pastor
Sí, més o menys va anar així.

Jonson
No. No va anar ni molt menys així. El Pastor li va dir que no estava bé, que li feia mal, que creia que no millorava sinó que empitjorava. També li va dir que si al dia següent no estava millor trucaria en Puig perquè vingués a buscar a les ovelles amb el camió, les pugés fins a Sant Joan i ell se'n podria anar a l'hospital.

Entrevistador
I com va reaccionar l'Eudald?

Jonson
Com era de suposar. L'Eudald és obsessiu i agressiu.

50. LLOCS CONEGUTS

Cesc
El matí va passar sense massa més història: l'Eudald treballava a l'habitació amb el Pastor, la nena estava amb les ovelles, en Jonson pintava papallones, l'Anna feia les feines diàries de l'hostal i jo me'n vaig anar a passejar amb el Nolo. Vam dinar tots junts, menys el Pastor que estava a l'habitació i la filla que seguia als prats.

Anna
Sí, en Jonson va tornar a tenir un plat a taula, què voleu que us digui... Això sí, ja tenia tres papallones falses.

Cesc
Vaig fer la migdiada al sofà de la sala, però em va despertar el telèfon i vaig sentir la conversa de l'Anna.

Anna
Unes amigues em convidaven a sopar, però jo que no, que tenia clients. Aquí en Cesc s'ho va tornar a treballar.

Cesc
No, jo simplement li vaig dir que si hi volia anar, que

hi anés, a no ser que esperés algun altre hoste. Ella em va dir que no esperava ningú

—Doncs ja me n'ocupo jo del sopar i, si ve algú, ja l'atendré. Això sí: hem d'anar a comprar.

ANNA
Vam anar al *colmadu* del poble.

JONSON
O sigui, davant de la casa de putes.

CESC
En Jonson també venia amb nosaltres. A l'Eudald no li vaig dir res perquè estava concentrat, però a en Jonson sí, tampoc tenia res millor a fer, simplement estava amagat. Quan vam arribar li vaig demanar que no comentés a l'Anna que ens havíem conegut a l'edifici del davant.

JONSON
Tampoc hauria dit res, que vas conèixer a algú en un *puticlub* no és quelcom que vagis explicant, i menys davant d'una dama.

ANNA
Vam comprar per uns quants dies: carn, verdures, llegums, patates,... de fet en Cesc anava fent els menús i jo el deixava. Això que un home cuini em va... En Jonson, en canvi, es quedava mirant des de la distància, però portava el carro. En Cesc va insistir en pagar.

Cesc
Era el mínim després de tot el que ens estava aguantant! Quan sortíem de comprar vaig veure la Sònia a l'altre costat del carrer. Estava fumant fora el local.

51. EM NEGARÀS TRES VEGADES

Sònia Lasso
treballadora del bordell
Sí que el vaig veure, però en la meva feina aprens a ser discreta. I sí, em va saber greu que no saludés, no m'ho esperava. També t'haig de dir que em va fer il·lusió que hagués canviat l'imbècil del seu amic per la noia de l'hostal. La veia sovint i semblava bona persona.

Cesc
Vaig dissimular pujant ràpid al cotxe. Potser hauria d'haver dit alguna cosa, però no quedava massa bé saludar-la davant de l'Anna. Ara que sé que em va veure em sento culpable. Collons, havia d'haver saludat! Et va semblar gaire ofesa?

Entrevistador
Més aviat dolguda.

Cesc
Ja, normal, jo també ho estaria.

Anna
Jo no sabia res, ara perquè m'ho dius tu, però en aquell moment, potser sí que m'hauria semblat estrany

que la saludés... No sé si hauria canviat la nostra relació. El cas és que vam tornar a l'hostal i que jo vaig marxar a sopar amb les amigues. Quan vaig tornar, en Cesc estava assegut al graó de la porta de fora i quan vaig anar a dormir em vaig trobar l'Eudald parlant amb l'urna al replà de l'escala i em vaig acollonir.

52. COMENÇANT EL XUP-XUP

Cesc
L'Eudald va desaparèixer tota la tarda sense dir res i es va emportar l'ampolla de patxaran que l'Anna tenia macerant. En Jonson es va tancar a la seva habitació i jo vaig estar preparant unes galtes de porc guisades amb melmelada de gerds, que entre el sofregit, la ceba caramel·litzada i les dues hores de cocció lenta que necessiten, t'hi passes una bona estona.

Eudald
Vaig pensar que una mica de contacte amb la natura potser m'aniria bé i vaig passejar per les muntanyes una estona.

Maria
Jo el veia, sí. A muntanya has de saber mirar. Primer s'amagava, però jo el veia, després es va asseure a l'altre costat del ramat. Si em movia cap a un altre prat, ell tornava a aparèixer al mateix lloc. Em mirava i bevia.

Eudald
Si que una estona vaig estar mirant les ovelles, creia

que seria un bon mètode d'inspiració. "Els teus personatges són els teus enemics: domina'ls".

MARIA
Però quan es va acabar l'ampolla d'anís, va venir cap a mi.

CESC
Vaig sentir que el Pastor cridava l'Anna. Al principi em vaig fer el sord, després no li vaig fer cas, però després de set o vuit, i tot i la prohibició d'acostar-me a ell, vaig decidir anar-hi a mirar si necessitava alguna cosa.

JONSON
Suposo que aprofitant que l'Eudald no hi era, es volia escapar. Es va incorporar del llit i va intentar posar-se dret, però en recolzar el peu a terra va caure. Feia una gràcia! Semblava una tortuga cap per avall intentant donar-se la volta... Anava movent els braços i les cames i gemegant. Em vaig haver de contenir perquè no em sentís riure. Llavors va ser quan va cridar l'hostalera i va acabar pujant en Cesc.
Va trucar a la porta i va preguntar si tot estava bé. El Pastor va callar uns moments i va tornar a cridar l'Anna.
—Anna! Anna! He cridat l'Anna no a tu!
—L'Anna no hi és, si necessites alguna cosa t'hauràs de conformar amb mi.
Va tornar a callar i finalment li va dir que fotés el camp.

Pastor
	Sí, res, només volia aigua, però preferia morir-me de set a que me la donés aquell lladre.

Cesc
	Hauria d'haver entrat, ho sé, però en aquells moments no tenia tota la informació que tinc ara. Abans de baixar vaig agafar la meva àvia perquè em fes companyia a la cuina.

Àvia
Per boca de Lucía de Día
	Aquella recepta era meva, però jo la feia amb olla a pressió que anava més ràpid. A en Cesc sempre li han fet por, no sé per què.

Cesc
	De petit recordo moltes històries d'olles a pressió que explotaven. Prefereixo la tradició catalana del xup-xup i el temps.

Jonson
	Com va poder, el Pastor es va arrossegar fins a la porta i quan va intentar obrir se'n va adonar que estava tancada amb clau. Es va quedar una estona assegut recolzat a la porta. Després, es va tornar a arrossegar i va aconseguir pujar al llit.

Cesc
	L'Eudald va arribar del seu passeig coixejant i bor-

ratxo. Vaig suposar que amb l'ampolla que s'havia bufat hauria fotut el peu en algun forat. Ni li vaig preguntar, però no em va dirigir la paraula i va pujar directe a l'habitació.

MARIA
No, no es va entrebancar. En Colom el va mossegar.

53. NO SÓC COMPASSIU

MARIA
Es va posar al meu costat sense dir res, de tant en tant em mirava i reia. En Colom el controlava, en Colom és molt llest, i allò em va posar més nerviosa. Després em va parlar.
—El teu pare diu que els pastors se senten molt sols al camp, a tu també et passa?
—A vegades —li vaig dir.
—I que quan es troba sol es busca alguna puta. Sabies que el teu pare és un *putero*?
Jo no li vaig contestar i ell va seguir.
—També diu que si no troba putes es fa palles. Tu també et toques? Et toques aquí? —i em va posar la mà allà baix.
Em vaig apartar, però ell va seguir dient-me coses que prefereixo no repetir, ja he dit prou coses brutes, però el cas és que, al final, em va agafar i em va intentar fer un petó a la boca. Em sembla que sempre recordaré la pudor d'anís que feia.
Vaig intentar que em deixés anar i suposo que vaig cridar. I llavors va cridar ell perquè tenia en Colom en-

ganxat al turmell. Vaig aconseguir allunyar-me uns metres d'ell i li vaig dir al Colom que parés i vingués al meu costat perquè el podia haver mort, sí.

Va agafar el meu bastó que estava a terra i va tornar a venir cap a nosaltres. En Colom es va posar davant meu roncant-li i li vaig dir que jo d'ell marxaria. Va parar i em va dir que si deia alguna cosa a qualsevol persona, mataria el pare.

—I jo no sóc tant comprensiu com el Cesc amb allò de la radio, em sents? Et juro que el mataré. No sóc compassiu!

I va marxar. Fins avui no he dit res.

Jonson
Comences a entendre el perquè d'aquesta gran papallona que em vaig tatuar? Allò no ho havia previst, però ho vaig intuir quan l'Eudald va entrar a l'habitació del Pastor.

Eudald
No, tot això és mentida. La imaginació d'una retardada. Com podeu pensar que jo vaig intentar tirar-me allò, per favor. Com segueixis així, l'entrevista s'acaba aquí. Et deixaré les coses molt clares: el Pastor es va fer mal a les costelles, el turmell se'l va torçar el dia que marxàvem de l'hostal, no em vaig intentar excedir amb la *tonta*, no et creguis res de tot el que us digui el voyeur de l'habitació del costat, en Cesc farà el que pugui per desacreditar-me i l'Anna li seguirà el joc. Ho entens? L'única versió que has de creure és la meva i com la posis en dubte m'aixeco i marxo. Si veig que en el documental no queda clara, t'arruïno la merda de carrera

que haguessis imaginat tenir. No et parlo de demandes, et parlo que cap productora voldrà treballar amb tu. No trobaràs feina ni en la televisió local del teu poble. Ha quedat prou clar?

54. MISSATGE ALS ESPECTADORS

Entrevistador
Senyores i senyors, sé que no és ortodox
i tampoc sé si realment és massa correcte,
però em veig en l'obligació de dirigir-me a vostès
per informar-los que,a partir d'aquest moment,
no vam tornar a informar al senyor Eudald Ferrer
de les declaracions dels altres personatges sobre els
fets que van tenir lloc aquells dies de juny.

La resta de personatges, en alguns moments,
sí que van tenir consciència
del que havien dit els altres implicats.

Tots tenen la seva veu, jutgin vostès qui té la raó.

Disculpin la interrupció. Seguim amb el documental.

55. LA DONA MORTA FORA DE LA TAULA

Cesc
El sopar estava molt més bo que el dia anterior, la veritat és que hi tinc la ma trencada amb les galtes.

Àvia
Per boca de Lucía de Dia
Jo li hauria posat més melmelada.

Cesc
Però a taula només hi érem l'Eudald i jo. L'Anna amb les amigues, el Pastor al llit i la filla amb ell. Ni tan sols en Jonson va voler baixar. Vaig posar l'àvia sobre la taula per ser un més, però l'Eudald em va dir que no, i amb la pudor d'anís que fotia millor no intentar raonar amb ell.

Àvia
Vaig entendre perfectament que no es volgués enfrontar a aquell energumen, i em vaig resignar.

Eudald
La taula no és lloc pels morts! Li vaig dir que la desés i la va tornar a deixar sobre la calaixera de dalt.

Entrevistador
I vostè per què no va baixar?

Jonson
Perquè estava observant, després del que havia vist, volia veure com acabava la nit.

56. LA SEGONA ALA DE LA PAPALLONA

Jonson
L'Eudald va entrar a l'habitació i el Pastor li va demanar explicacions:
—Tu per què collons em tanques aquí?

—Calla hòstia o agafo l'escopeta i mato al teu *putu* gos! Mira! —ili va ensenyar la cama.
—Si t'ha mossegat és que alguna cosa has fet! Hi va haver un silenci. L'Eudald tenia els ullals marcats a la cama.
—Només parlava amb la *tonta* de la teva filla!
—De la meva filla en parles amb més respecte!
—Com si se'l mereixés! Que m'hagi mossegat és culpa seva!
—Que és culpa...? Què collons li has fet a la nena!
—No li he fet res, el teu gos està sonat!
—Si em pogués aixecar et matava aquí mateix!
—Això és exactament el que vull, que t'aixequis! Et dono dos dies i després per Déu que puges aquella muntanya o mors en l'intent. Sinó, potser si que a la teva filla li passarà alguna cosa.

I va marxar. Vaig esperar una estona perquè no semblés que el seguia i, quan pensava en baixar a sopar, va arribar la nena. Estava més nerviosa que de costum. El plat que li portava al seu pare li tremolava a les mans. Suposo que l'Eudald ja li havia tirat la seva pols màgica perquè quan va acabar de menjar es va adormir en poc més de cinc minuts. Però mentre sopava la conversa va ser reveladora.

La filla es mantenia dreta, amb el cap cot. El pare la va fer seure al seu costat.

—Què ha passat amb el Colom aquesta tarda?
—Re.
—No em diguis mentides que sé que ha mossegat a l'Eudald.

En sentir el seu nom la nena va tensar el cos.
—Si, però no ha passat res.

—Per què l'ha mossegat? T'ha fet alguna cosa?
—No, no. Es deu haver pensat que sí, però no.
—Si t'hagués fet alguna cosa m'ho diries, oi?
—Sí.
I la va abraçar. Segona ala de la papallona: mai m'hauria imaginat tanta tendresa d'aquell home. Quan es va adormir, la nena va marxar. Jo em vaig estirar al llit, sense recordar que no havia sopat. Amb el que havia vist, aquella nit no em feia falta tele i em vaig abraçar a Morfeu pensant que ja no passaria res més.

57. MURMURIS

Cesc
La nena va marxar amb les ovelles i, vist que la conversa amb l'Eudald era nul·la, vaig decidir anar-me'n a dormir. Un dia d'anar-hi aviat no em faria mal.

Eudald
Jo em vaig quedar una estona mirant la televisió però tot el que feien era una merda.

Cesc
Quan l'Eudald va entrar a l'habitació, em sembla que des del primer dia no hi havia dormit, jo estava a punt d'agafar el son, però em va desvetllar: primer xocant contra la tauleta i després que no parava de donar voltes i de remugar. Potser si haguessin sigut llits individuals hauria pogut dormir, però en un llit de matrimoni...

Eudald
Em va costar adormir-me perquè tenia moltes coses al cap: el documental encaixava, però l'havia d'acabar i no veia clar quan ho podria fer. I si no era en els següents dies hauria de buscar alguna alternativa.

Cesc
Li vaig demanar que parés una mica perquè no em deixava dormir, però ell em va etzibar que callés, que no sabia res del que li passava, que tenia molts problemes. En aquells moments vaig pensar en passar d'ell, no es mereixia altra cosa, però li vaig preguntar si en volia parlar i, per segona vegada en dos dies, em va tornar a enviar a la merda. La veritat és que no tenia ganes d'estar a la mateixa habitació que ell i me'n vaig anar cap avall.

Eudald
Quan va marxar no vaig tardar massa en adormir-me.

Anna
En Cesc estava assegut al portal de l'hostal: cervesa i cigarret, era la seva foto.
—Has comprat tabac? —li vaig preguntar.
—De fet te l'he robat, et vaig veure *l'alijo* al costat de l'Oban.
—Doncs ja que el paquet és meu, dóna-me'n un.
—Serveix-te tu mateixa —I me'l va acostar junt amb l'encenedor.
—Arribes aviat, no? —em va dir.
—No sabia que em controlessis!

CESC
Vam fer una cervesa més i ella se'n va anar a dormir, jo em vaig quedar allà i vaig acabar dormint al sofà.

ANNA
Mentre pujava l'escala sentia com si algú murmurés, estava fosc però vaig distingir una silueta asseguda a terra, davant l'habitació d'en Cesc: era l'Eudald estava parlant amb les cendres. L'únic que vaig entendres va ser "sembla que aquesta parelleta s'està agafant molt de *carinyu*, oi?" I va mirar-me fixament.

ÀVIA
PER BOCA DE LUCÍA DE DÍA
Aquell noi em posà les cendres de punta! Quina angunia i quina por, per favor...

ENTREVISTADOR
I què vas fer?

ANNA
Vaig córrer cap a la meva habitació i vaig tancar amb clau. Potser hauria d'haver baixat amb en Cesc, però en aquells moments les meves cames van córrer en l'altra direcció.

58. UN HOME SUPLICANT

JONSON
Com cada matí, la nena va anar a demanar instruccions i va marxar amb les ovelles. Després vaig sentir com es tancava la porta amb clau. Suposo que va ser l'Eudald.

Eudald
Aquell dia em vaig llevar una mica més tard que de costum perquè no havia passat massa bona nit.

Cesc
L'Anna em va despertar del sofà i em va dir que ella se n'anava amb les ovelles al camp i que si hi volia anar. La veritat, no tenia res millor a fer.

Anna
No volia quedar-me, havia passat la nit en vetlla pensant en l'Eudald i no tenia ganes de trobar-me'l. Encara no. En Cesc em va dir que el deixés dutxar i canviar. Jo li vaig indicar on la nena m'havia dit que estaríem i vaig marxar.

Cesc
L'Eudald no estava a l'habitació i no m'importava massa on estava. De fet preferia que no hi fos. Em vaig restaurar una mica i cap al camp. Abans però, vaig passar a veure en Jonson per si volia venir.

Jonson
Just quan en Cesc va picar a la meva porta, la cosa a l'habitació s'estava posant interessant. L'Eudald hi havia entrat feia una estona i el Pastor li havia dit que volia trucar el camió. Per no perdre'm res, perquè sabia que en venia una de les bones, vaig obrir la porta i vaig cridar Estimat amic, altra vegada per aquí?. Bàsicament volia que l'Eudald sentís que encara no es podia permetre el luxe d'encendre's perquè el podien sentir.

Cesc
En Jonson va declinar amablement el meu oferiment, així m'ho va dir. Vaig ficar l'àvia a la motxilla i vaig marxar amb l'Anna, la nena i les ovelles.

Jonson
L'habitació seguia en silenci, pel forat del pany vaig veure l'Eudald mirant per la finestra i vaig mirar jo també. En Cesc marxava muntanya amunt i ho vaig tenir clar: estava esperant quedar-se sol amb el Pastor per començar l'espectacle. Jo no l'importava, segurament ni pensava en que estava allà, però en Cesc millor tenir-lo lluny. Un nou error, tercera ala de la papallona.

Eudald
El Pastor volia trucar el camió ja, però jo li vaig demanar un dia més. Necessitava acabar aquell documental.

Jonson
Va acabar de genolls suplicant i jo no entenia res. Com es podia comportar ara d'una manera ara de l'altra. Vaig pensar en l'alcohol com a detonant de la violència, però més tard vaig veure que no. Va ser la quarta ala, el cos, les antenes, la trompa i tots els detalls.

59. UN OASI EN EL DESERT

Cesc
Jo encara intentava defensar l'Eudald quan l'Anna em deia el que li havia passat la nit anterior. Li deia que la culpa era del patxaran, però ni jo mateix m'ho

creia. Alguna cosa començava a no funcionar bé en el seu cervell.

Anna
Sabia que només intentava restar-li importància perquè no em preocupés, però estava preocupada, de fet tenia por. I és molt dur tenir por de tornar a casa teva. En Cesc em distreia parlant amb la nena.

Maria
A mi al principi no em va agradar que estiguessin allà, no. Però després sí! El senyor bo seguia sent bo i em preguntava per les ovelles, per si tenien nom i coses així. L'Anna no em preocupava perquè era una noia i les noies amb les noies no fan les coses que em va fer l'altre senyor.

Anna
En Cesc també tenia la facultat de fer-me oblidar els problemes amb la seva conversa. Era com un oasi en el desert.
Aquell dia va tocar literatura.

Maria
Va arribar un moment que els vaig haver d'avisar que canviàvem de lloc perquè ells ni se n'adonaven. Allà ja em vaig quedar tranquil·la del tot, sí.

Cesc
No és fàcil trobar gent amb gustos literaris afins. De fet, és complicat trobar gent amb gustos literaris: Chuck Palahniuk només té dues o tres novel·les aprofitables,

Kurt Vonnegut és un geni, Paul Auster, sense ser un geni, és genial, Murakami depèn del llibre...

Anna
Tokio Blues i els que ell anomena els *llibres escrits a la taula de la cuina*, m'encanten. La resta em fan com mandra. En Cesc em va fer veure que el *Cadilac de Big Bopper* ja surt a l'última novel·la del Vonnegut.

Cesc
Va just per dates però podria ser...

Anna
Allà em va guanyar.

Jonson
Què us havia dit dels detalls?

Cesc
El llibre *Submarino* a els dos ens va encantar, amb David Vann vam estar en desacord i això que només havia publicat una illa. De García Márquez n'érem devots seguidors però reconeixíem que era repetitiu en els temes i que Úrsula Buendía havia de tenir més anys que Matusalem.

Anna
La conversa va anar així tot el matí. Em recordava a *Alta Fidelidad*

Entrevistador
Pel·lícula o llibre?

Cesc
Importa?

Anna
Són diferents però no sé amb quin quedar-me.

Cesc
Jo tampoc.

Anna
Recordes aquell moment quan diu que l'important en una relació és el t'agrada i no el que t'agradaria ser? Música, pelis, llibres,... Doncs aquella també estava sent la millor cita de la meva vida. Llàstima que tinguéssim d'espelma les cendres de la seva àvia!

Cesc
Però la màgia es va acabar quan vam arribar a l'hostal.

60. COCKTAIL D'ANTIINFLAMATORIS I ANSIOLÍTICS

Jonson
L'Eudald, quan el Pastor li va acceptar d'esperar un dia més, va agafar el cotxe i va marxar. Aquell tot terreny feia molt soroll, per tant, vaig pensar que podia anar a observar la parelleta mentre ell no tornava.

Eudald
Vaig anar a la farmàcia.

Jonson
 Em vaig acostar sense que em veiessin, fins i tot escoltava les seves converses. Era una papallona: invisible. Parlaven massa, ja ho tenien fet, només els faltava culminar la relació amb un coit, però semblava que es resistien, era com si els fes por trencar el que tenien.
 Quan vaig sentir el motor aparcant a l'hostal vaig haver de decidir, i vaig decidir tornar.

Eudald
 Li vaig comprar uns antiinflamatoris i una crema per intentar que el cop a les costelles millorés més aviat. També una microcadena: volia escoltar una mica de música.

Jonson
 Portava un arsenal de medicaments, no sé d'on ho va treure però crec que la majoria d'aquells productes, sense recepta, no te'ls venen. Però ja se sap, hi ha farmàcies i farmàcies. Suposo que tots en coneixem alguna que la frase que més repeteixen és "aquesta vegada t'ho venc, però la propera, si no em portes la recepta, no t'ho podré servir". Doncs en va trobar una d'aquestes.

Eudald
 Li vaig donar un Voltarén i li vaig dir que s'apliqués crema a la zona dolorida. També vaig instal·lar l'equip de música i vaig pujar alguns discs. Després vam estar fent unes entrevistes molt profundes que el van deixar esgotat: parlàvem de la seva família, de la tradició, del futur,... És una llàstima que en el tall final del documental no hi tinguessin cabuda, perquè realment eren bones.

Jonson
—Et demano disculpes. Em sembla que aquests dies no t'he cuidat prou —li va dir l'Eudald—, ja veuràs com amb això que et porto estaràs molt millor.
El va ajudar a aixecar-se i el va asseure en una cadira.
—Mira, veus, això és una crema que t'ajudarà a desinflamar el turmell —i es va tornar a agenollar davant seu per posar-li la pomada.
—Què fots! —va ser la reacció del Pastor—. Tu a mi no em toques! —aquí el meu tatuatge va començar a agafar tota la forma.
L'Eudald es va posar dret davant l'home i li va dir que la seva filla havia dit una cosa similar. El Pastor es va intentar aixecar però no va poder.
—On vas, vell? Em sembla que encara no has entès qui mana aquí.
Va agafar l'escopeta i va apuntar-lo al cap.
—I ara t'estaràs *quietonet*.

Pastor
La crema em va anar força bé.

Jonson
Va rebuscar entre el material del Pastor que havien pujat del cotxe i amb les cordes el va lligar a la cadira. Llavors li va fer empassar vàries pastilles, moltes, i li va posar crema al peu. Refregava les mans per allà i jo només veia les ungles del Pastor, negres i llargues, i pensava en la pudor que deuria fer. L'home plorava.

Pastor
No, no diré res més. El que us ha explicat l'Eudald segur que seria el mateix que us explicaria jo.

Entrevistador
Ell ha dit que uns antiinflamatoris i que tu et vas posar la crema a les costelles.

Pastor
Sí, va anar més o menys així.

Jonson
Es va sentir la porta: l'Anna i en Cesc havien tornat.

Eudald
Vaig pensar que, per la gana que tenia, ja era hora de dinar i vaig baixar a veure què em servien.

Jonson
Abans li va dir al Pastor que no se'n fiava de que no cridés i li va tapar la boca amb cinta americana. Després sí que va baixar tancant, naturalment, la porta amb clau. Jo vaig esperar una estona què feia el Pastor i simplement va tornar a plorar. En dos dies l'Eudald havia intentat abusar de la filla i havia violat el pare, perquè aquest és l'adjectiu que millor definia a aquell home: violat. Violat i potser, també, derrotat. Tenia curiositat pel que l'Eudald diria als enamorats.

61. CUBANS I RUSSOS

Cesc
L'Eudald tornava a ser l'Eudald, em refereixo a l'Eudald que jo coneixia, el d'abans de començar tot aquell viatge, aquell que era el meu amic.

Anna
Reien, feien bromes, xerraven. Tenia *xispa*, els dos en tenien, compartien bromes, explicaven històries, de fet me les explicaven a mi. Entenia perquè eren amics, el que no entenia era com aquella persona que m'estava fent una dissertació sobre quin tipus de mitjons eren més còmodes segons on tenien la costura, era la mateixa de la que havia fugit la nit anterior i de la que encara tenia la mirada gravada al cervell.

Eudald
De mitjons, n'hi ha que tenen una peça al final, a la zona dels dits i que la costura dóna tota volta al peu, i d'altres que tenen la costura just a la punta. En aquest cas, la gran pregunta és: costura per sobre els dits, per sota o entre dit i ungla? Dels mitjons amb dits ja en parlarem un altre dia.

Cesc
En Jonson va fer la seva entrada en escena.
—Avui sí que farem un dinar de germanor! Que tenim per dinar? Pollastre amb escamarlans? Ànec amb peres? Canelons de rostit?
L'Anna es va encarregar de contestar.
—No es pot menjar marisc els mesos sense erra, els ànecs estan migrant i els canelons s'han cremat.
—Jo no consideraria els escamarlans com a marisc —va dir l'Eudald.
—Com es nota on hi ha calers –va respondre en Jonson—. I així quin menú tenim?

Anna
Un deliciós arròs a la cubana. L'Eudald insistia en que

si no portava plàtan fregit no era a la cubana, i en Cesc deia que en un menjador d'escola on havia treballat hi tenien un nen rus que no sabia què era *l'ensaladilla russa*. Les converses anaven així. En Jonson s'hi va apuntar dient que tant s'hi valia perquè tots eren comunistes. Es va fer un silenci i al final tots vam somriure. Era el seu humor...

Jonson
   Vaig preguntar pel Pastor, per com estava i l'Eudald em va contestar, amb tota naturalitat, que cansat.
   —Espero no haver-te molestat perquè ha sigut un matí intens d'entrevistes —em va dir.
   —I ara! Jo, a la que em poso amb les meves papallones no sento ni el tren de mercaderies.
   —De què has fet les entrevistes? —va preguntar en Cesc.
   —Temes personals d'aquells introspectius per donar una visió més humana del personatge. Ha rigut, ha plorat... La veritat és que fins i tot jo m'he emocionat. No crec que em serveixin com a entrevistes, ho dic per l'espai, però potser com a off, sí.
   —Què li passa a l'espai? —va preguntar l'Anna.
   —No, em refereixo a que en un documental sobre un Pastor transhumant on, en teoria, passa totes les nits al ras, veure'l en una habitació d'hostal li faria perdre veracitat. No em mal interpretis, en un altre documental seria perfecte.
   Us juro que no el reconeixia i em tenia ben desconcertat. On estava el boig que acabava de lligar i emmordassar el Pastor amenaçant-lo amb l'escopeta?

Eudald
Els vaig explicar que el Pastor estava descansant per poder seguir amb les entrevistes a la tarda. Que m'havia demanat que li pugés el dinar quan nosaltres acabéssim, però que si dormia, el deixés una estona més.

Cesc
Jo, en aquell moment, no m'imaginava res. Pensava que havia tornat als seus cabals i ja està. Fins i tot li vaig dir a l'Anna que no li tingués en compte tot allò de la nit, però ella va fer una cara estranya.

Anna
No me'n refiava.

Àvia
Per boca de Lucía de Día
Sentia el Pastor somicar, no sabia exactament què havia passat, però sabia que perquè un home com aquell, que no era tant diferent del meu espòs, plorés, n'havia d'haver passat alguna de grossa.

Pastor
Sí, descansava.

Maria
Em vaig passar el dia vigilant que el senyor dolent no vingués. Tenia por i el Colom ho notava, estava sempre al meu costat.

Cesc
Després de dinar, en Jonson va anar a fer la migdiada a la seva habitació, l'Eudald, l'Anna i jo ens vam quedar

a la saleta, però l'Eudald aviat va marxar per pujar el dinar al Pastor.

Eudald
Allà es notava que sobrava algú, i era jo, ja m'enteneu. A més, en Cesc em va dir que aquella tarda aniria a les classes de teatre de l'Anna. Els vaig dir que no feia falta que m'avisessin en marxar.

Cesc
El que fos per passar més estona amb ella.

Anna
El que fos per passar més estona amb ell.

Jonson
Aquesta sí que la vaig encertar, sabia que acabarien junts aquella nit i que l'Eudald no tardaria massa en aparèixer a l'habitació.

62. TARANNTINO CONNECTION I: ANNA I CESC

Cesc
Vam dormir una mica al sofà, no massa estona, però amb aquelles pel·lícules de tarda és inevitable. Em vaig despertar abans que l'Anna: que bonica estava dormint. Relaxada, sense problemes, sense obligacions. No havia vist a massa gent dormir, la que més recordava era la meva àvia, però era un son bavós i dement. Aquell era sa, serè, bonic.

Anna
Quan em vaig despertar en Cesc em mirava, vaig fingir que no el veia, però sí, ho vaig notar. No em feia res, m'agradava que li agradés mirar-me. Hi ha una poetessa que diu:

> *Te quiero más de lo que debería*
> *Y por eso te quiero tanto*
> *(Xelo Álvarez, poema Huí)*

No sé perquè m'han vingut aquests versos al cap, però aquí estan.

Entrevistador
Te l'estimaves?

Anna
En aquell moment no, però amb el temps crec que mai he estimat tant a ningú.

Entrevistador
I què va passar?

Anna
Incompatibilitats.

Cesc
Has escoltat *Y sin embargo* del Sabina? No? Doncs escolta-la i ho entendràs. Estic pesat amb el Sabina, oi?

Entrevistador
No passa res, cada un té els seus gustos. Podem seguir amb la tarda?

Cesc
Sí, l'Anna i jo vam marxar que serien les sis perquè la classe començava a les set i teníem una estona de camí.

63. TARANNTINO CONNECTION II: JONSON

Quan l'Eudald va entrar amb el plat seguia amb el somriure als llavis. Simpàtic. De fet hi va estar tota la tarda. Sembla mentida com es pot ser tant sàdic i cruel i mantenir el rictus alegre. Us explicaré el que va passar.

El Pastor només va intentar parlar o cridar, no ho sé, quan li va treure la cinta americana de la boca tot i que l'Eudald l'havia avisat que no ho fes. Per això es va emportar la primera bufetada de la tarda. De fet, abans ja hi havia hagut la primera amenaça.

—Et porto el dinar. Perquè després diguis que no et cuido! Per cert, si quan et destapo la boca intentes avisar algú, millor dit, si durant l'estona que tinguis la boca destapada emets algun so que vagi més enllà de la respiració o de dir-me la frase "demà pujarem la muntanya", el que vaig fer ahir a la teva filla no serà res en comparació amb el que li faré. Ho has entès?

Ell va assentir, però quan li va destapar, bé ja sabeu, bufetada i ell es va mantenir callat.

L'Eudald li anava donant cullerades d'arròs i el Pastor menjava. El tractava com un nadó: li feia l'avió, el tren cap al túnel i aquestes tonteries que es fan amb els nens petits. El Pastor s'aguantava el plor, suposo que encara era prou home per no plorar davant d'aquell... se m'han acabat els adjectius, ho sento. Va posar la BSO *d'Excalibur*: mai *Carmina Burana* ha estat tant ben col·locada!

Uther
¿Y la Espada?, ¡me prometiste la Espada!

Merlin
¡Y tendrás la Espada! ¡Para curar, no para herir!

Uther
Frases.. ¡las frases son para los amantes, yo quiero una Espada para ser Rey!

Quina gran pel·licula.

Entrevistador
Ens centrem?

Jonson
Sí, perdó. És que amb aquesta obra mestra em perdo. A mig disc es va sentir el cotxe de l'Anna marxant. Per l'Eudald, estaven sols.

64. TARANNTINO CONNECTION III: ANNA I CESC

Cesc
Vam anar a fer un cafè perquè vam arribar amb temps. Aquell dia vaig descobrir que l'Anna només bevia de nit. Si ho feia al migdia era perquè no tenia res a fer a la tarda. La meva única norma era no beure mai abans de *l'Angelus*.

Anna
   Em va explicar que un dia que li tocava treballar i portava una ressaca d'aquelles d'haver dormit dues hores amb massa alcohol al cos...

Cesc
   Vaja, que més que ressaca era que encara anava tort...

Anna
   Doncs aquell dia va fer allò tant alcohòlic de que per no tenir ressaca, el millor és seguir bevent... Com a mínim va esperar fins a les dotze per fotre's la primera cervesa.

Cesc
   A un quart d'una ja anava per la segona... Estava fatal! Però no parlem de mi i tornem a les classes de teatre. L'Anna em va presentar com "un muntador de cinema amb molts contactes". Una persona a la que havien de fer cas perquè podia fer-los triomfar. Suposo que em vaig posar vermell...

Anna
   Sí, s'hi va posar.

Cesc
   Però ho vaig agrair perquè a mi els nens em fan com por. Bé, potser por no és la paraula, vaig treballar molts anys amb nens però... no sé, de què parles amb ells? Tenien set o vuit anys!

Anna
   Entre onze i dotze.

Cesc

Són minipersones sense cap mena d'intel·ligència ni conversa, però el fet de presentar-me com algú important va fer que em respectessin una mica més.

65. TARANNTINO CONNECTION IV: JONSON

L'Eudald es va passar la tarda posant *CDs* a l'equip, pastilles a la boca del Pastor i crema al peu. Entre una cosa i l'altra, seia en una cadira davant del seu hostatge i li explicava la vida de no sé quin documentalista que no havia sentit mai. En recordo algunes frases:

La vida és molt puta, però les persones més. Paga i tindràs la realitat que vulguis.

Si els documentals interessants van sobre gent que trenca les normes socials, com pots esperar fer-los seguint-les.

Mai ningú serà prou intel·ligent per trobar la veritat, però sí per crear-la.

No li faltava raó, però era una mica... no sé com dir-ho, avui estic mancat d'adjectius! Deu ser per la càmera. El cas és que sobre les vuit de la tarda va tocar el torn a Tarantino i el disc *Tarantino Connection*.

—Coneixes Tarantino? —el Pastor va fer dir no i l'Eudald li va fotre una altra hòstia—. És un clàssic dels nostres temps. Diuen que *Pulp Fiction* és la pel·lícula més influent dels últims anys. Té grans obres i també té obres menors, però en totes sorprèn. És un Woody Allen sàdic. Igual que ell, també té un gran sentit de l'humor, no sé si també és jueu... Segur que t'ho estaves preguntant —el Pastor no va dir res—. El dia que el conegui, perquè el coneixeré, ja li preguntaré. Si tingués cobertura ho buscaria a Google, però ja ens ho vas dir —i va imitar, malament, la veu del Pastor—, "a la muntanya aquestes andròmines no serveixen". I tenies raó. *Kill Bill* no m'agrada, però la veig sempre que la fan perquè és espectacular. És curiós oi? Alguna cosa que no t'agrada però que no pots deixar de mirar.

Dark night va començar.

—Aquesta és d'*Obert fins a la matinada*. Una gamberrada amb el Robert Rodríguez. Diuen que la primera part de la peli, la que està bé, la va dirigir el Tarantino i la resta, la que és *cinepalomitas* per a adolescents, és del Rodríguez. A aquest li agrada fer pelis amb els seus amics a casa, però clar, quan els teus amics són el Tarantino, el Bruce Willis, el Banderas i companyia, qualsevol fa pelis.

Amb el gran George Baker sonant, va parlar de *Reservoir Dogs*.

ENTREVISTADOR
Perdoni, com és que recorda les cançons que van sonar?

JONSON
Per dons motius: perquè sóc un fan incondicional de Tarantino i perquè després del que vaig veure, m'he es-

coltat aquell disc mil vegades per esbrinar com afecta la música a les persones.

ENTREVISTADOR
Continuï, si us plau.

JONSON
Gràcies. Ell seguia assegut davant el Pastor i xerrava.
—Aquesta va ser la PEL·LÍCULA. *Pulp Fiction* està molt bé, de fet és una obra mestra, però per a mi, l'empremta Tarantino ve de *Reservoir Dogs*: els diàlegs en contraposició amb la situació, l'acció, el insinuar, el no mostrar. Genial.

Charlie Sexton va cantar, però no li va fer massa cas.

—Saps que hi ha un pla Tarantino? Sí, és el pla des de dins del maleter del cotxe. M'encanta! Si no fos perquè, en teoria, en aquest documental no hi ha cotxe, te'l demanaria de fer –va callar- però clar, amb el tot terreny no quedaria igual. Ui! Calla, calla, que aquesta és molt bona!

El Pastor no deia res i Urge Overkill va començar a sonar. L'Eudald es va aixecar i va començar a ballar al ritme i a cantar.

Girl,
tan-tan-tan-tan
you'll be a woman soon
tararan-tximpom-tximpom...

Waiting for a miracle la va passar, va dir que Asesinos natos era una peli de merda i que Leonard Cohen només li agradava a en Cesc i quatre desgraciats més. També

va passar la d'*Amor a quemarropa*, però va deixar l'entrevista.
—Entens l'anglès?
—No —i l'Eudald li va clavar una altra plantofada.
—Quantes vegades t'haig de dir que no et vull sentir la veu? Tornem-ho a intentar: entens l'anglès? —el Pastor va fer que no amb el cap.
—Millor, però me n'adono que a vegades soc imbècil fent-te aquestes preguntes, era segur que no l'entenies. No et traduiré l'entrevista, t'explicaré una altra cosa: saps que Tarantino va treballar en un videoclub? Allà va veure tot el cinema de sèrie B que va voler i allò ho va transformar en el que fa avui. El cinema de sèrie B segueix els estàndards del gènere o els trenquen sense tenir-ne ni puta idea. Quentin, no et molesta que li digui Quentin, oi? Doncs en Quentin transgredeix sabent molt bé el que fa i intenta...

Un altre silenci quan va començar *Stuck in the middle with you.*

—Déu meu! Ho sento, no ho puc evitar! Necessito *atrezzo*.

Quan estava a punt de sortir per la porta va tornar i va posar cinta americana a la boca del Pastor.

—No me'n fio que no cridis si no et vigilo —i una bufetada de regal.

Vaig pensar si havia de tirar a terra la porta i ajudar a aquell pobre home.

Entrevistador
Aquesta cançó és la de...

Jonson
Sí, correcte. És la que li tallen l'orella al policia a *Reservoir Dogs*!

66. TARANNTINO CONNECTION V: ANNA I CESC

Anna
En Cesc els va posar un exercici molt bo. Va dir que en el teatre, més enllà d'actuar, hi ha molts més oficis i els va voler ensenyar el de guionista.

Cesc
Més que guionista, vaig voler que trobessin la seva veu. Cada un tenim la nostra i no volia que la perdessin o que no la trobessin mai. Volia que aprenguessin a apreciar-la quant abans millor, així que els vaig començar una història i cada un havia de dir una frase que la continués, amb una única condició: tot havia de ser objectiu.

Anna
Això els hi vaig haver d'explicar als nens, em refereixo a la diferència entre la objectivitat i la subjectivitat. Un cop acabada, cada un havia d'agafar aquella història neutra i explicar-la a la seva manera. En Cesc volia que expressessin la seva visió del món i se n'adonessin que cada un el veiem de manera personal.

Carlota
Alumna de Teatre
Va ser súper *xulo*, perquè d'una història que vam fer entre tots, cada un vam escriure una cosa diferent.

Rigo
Alumne de Teatre
Jo no pensava que es pogués fer de tantes maneres diferents, de fet em feia mandra haver d'escriure. Jo anava allà a passar l'estona, per no haver d'estar a casa, però aquell dia vaig aprendre que una història es pot explicar de moltes maneres.

Cesc
Era el que buscava, els volia explicar que cada un té la seva visió del món, la seva perspectiva, la seva manera de narrar i no ens hem d'encotillar en el que s'ha fet abans. Crea, explica la teva història com creus que s'entendrà millor o com et sentis més còmode. Sigues sincer i arribaràs a algú, sigues fals i et veuran amics, coneguts i parents.

Entrevistador
Stronoiavsky?

Cesc
No, això és meu. No m'agrada aquell *capullo*.

67. TARANNTINO CONNECTION VI: JONSON

L'Eudald va tornar a entrar.
—No he trobat ni americana ni tirants, però aquest jersei servirà, oi? Com que tampoc he trobat navalla d'afaitar he agafat un ganivet de cuina. Tranquil, no he agafat el gros, és el de pelar patates que sembla que està esmolat. Suposo que és el de pelar patates, jo utilitzo un

estri diferent. Saps aquell que té com un forat al mig i que quan peles... No, què has de saber tu, a vegades penso que ets més goril·la que la teva filla ximpanzé. En fi, havíem quedat que en Quentin no el coneixies, per tant dedueixo que l'escena més famosa de *Reservoir Dogs*, no la de l'inici de la taula amb aquell tràveling circular... per cert, saps que hi ha talls quan passen pel negre de les jaquetes? Perdona, si no l'has vist no ho pots saber. Doncs quan sento aquesta cançó em venen ganes d'interpretar el paper de Michael Madsen, i avui en tinc la oportunitat! Quina orella tallava... Diria que era la dreta.
Va tornar a posar la cançó des del principi i va començar a ballar traient-se el jersei que representava la jaqueta.

68. TARANNTINO CONNECTION VII: ANNA I CESC

Anna
Els nens i les nenes es van enamorar d'en Cesc, els va ensenyar coses que amb la meva formació mai els hauria pogut ensenyar. Suposo que, per això, després va costar tant poc que fessin el que van fer. De tornada a l'hostal, ell estava emocionat, volia muntar cursos a tot el país, sucursals, volia muntar una cadena d'escoles.

Cesc
Estava *on fire*! Estava de *subidón*! No, la veritat és que m'ho vaig passar molt bé, però suposo que aquella feina no sempre és així. Sé que els nens poden ser uns grandíssims fills de puta.

Anna

Sí. No puc dir res més. Té raó, fins i tot et diré més, generalment ho són, però després hi ha els moments bons que et compensen la resta. És com en Nolo, era un trasto, m'agafava la roba, em trencava els sofàs, entrava a les habitacions i quan es trobava malament i no estava a casa, vomitava sobre el meu llit. Però els moments bons superen els dolents i te l'estimes. I el mateix passa amb els nens. Bé, amb la majoria... Al Salamanca no te l'arribes a estimar mai.

69. TARANNTINO CONNECTION VIII: JONSON

L'Eudald estava assegut de cara al Pastor sobre la seva falda, a punt per tallar-li una orella, la dreta, quan es va sentir la porta de l'hostal.

—Collons! Mai em poden deixar-ho acabar? —i es va aixecar—. Recorda, qualsevol soroll i no vendràs prou ovelles per pagar els psicòlegs de la teva filla.

Dit això, va baixar després de tancar amb clau. Vaig sortir de l'habitació per sentir com reaccionava i, sorpresa! Seguia alegre. Parlava amb la parella com aquell gos que fa estona que espera els seus amos: "I què tal?", "Com ha anat?, "A en Cesc li van servir les classes de teatre de l'institut?", "No haurà tocat cap nen, oi?", "Que d'aquest no me'n fio un pel!". I coses per l'estil.

Vaig esperar. També vaig mirar el Pastor: la derrota, la violació, tot havia quedat enrere. Sabia que l'únic que li esperava era la mort i volia que arribés ràpid. Així el veia jo. Com deia el documentalista aquell del que no recordo el nom "la vida és molt puta" i a ell li havia tocat la pitjor part.

Al cap d'una estona vaig baixar i crec que vaig dir alguna cosa similar a Començo a assemblar-me als gossos de Pavlov, quan sento la vostra veu em poso a salivar. L'Anna em va dir que ja que hi havia menjar a la nevera, aquell dia sí que havia de cuinar jo.

70. TRES RESPOSTES TANCADES

Cesc
Sí, vam sopar, però això importa poc, el que importa és el post sopar. En Jonson, com sempre, va anar a la seva habitació, l'Eudald va dir que el Pastor ja dormia i que ell també se n'hi anava.

Jonson
Potser sí que el Pastor dormia, però seguia lligat i emmordassat a la cadira i l'Eudald dormia al llit.

Maria
Jo volia veure el pare, però aquell senyor no em va deixar. No vaig dormir, no, pensava que li hauria fet alguna cosa i no vaig dormir, no.

Anna
D'aquella nit no passava! El volia, el volia sobre i dins meu i sabia que ell també ho volia.

Cesc
Naturalment que ho volia, feia dies que ho buscava! Estàvem al sofà estirats, abraçats, li vaig agafar amb els dits la barbeta i la vaig girar cap a mi i li vaig fer un petó. Ella va somriure i vam seguir.

Anna
En Nolo es va espolsar les orelles, vaig pensar que era la seva manera d'aplaudir.

Cesc
Abans hem parlat d'*Alta Fidelidad*: per qui l'hagi vist o llegit "no us diré qui va fer què a qui, només us diré que va estar molt bé".

Anna
Estic d'acord, no importa a ningú el que vam fer.

71. EL DESORDRE ORDENAT: CESC

—Redempció —va dir l'Anna.
—Què?
—Em vas preguntar que feia aquí dalt, en aquest hostal, sola. Busco la redempció.
Estava estirada al llit recolzant mig cos al capçal de fusta. Nua sota els llençols, mirava fixament un punt imprecís davant seu. Un punt entre la prestatgeria repleta de llibres entaforats de qualsevol manera i la calaixera on hi desava la roba.
—Vivia a Barcelona —va continuar—, de fet no co-

neixia altra cosa, no em feia falta, hi tenia la família, els amics i tot el que necessitava per triomfar. Des de ben petita tenia clar que volia ser actriu, però les coses es van torçar i vaig acabar aquí.

—Què va passar? —li vaig preguntar.

L'Anna es va girar cap a mi, va riure i va mirar el sostre mentre es tapava la cara amb les mans.

—No em crec que t'ho estigui explicant —va dir—. Vés a buscar dues cerveses.

Vaig apagar el cigarret i vaig anar cap a la cuina. Les habitacions estaven en silenci i notava el fred de la nit sobre el meu cos despullat. Quan vaig tornar, l'Anna fumava, embolicada pel llençol i asseguda a l'ampit de la finestra.

El fum es dibuixava en el contrallum de la lluna en un desordre ordenat de quitrà i nicotina. Li vaig apropar la cervesa abraçant-la per darrera. Es va espantar, segurament no m'havia sentit entrar, va agafar l'ampolla amb un mig somriure i va tornar a mirar cap a fora.

—Volia ser famosa, saps? Volia ser una gran actriu i estava disposada a tot per aconseguir-ho: estudiava interpretació i cant i dansa, anava a tots els càstings i m'intentava colar a les festes on hi pogués haver algun famós que m'obrís les portes del paradís. Però les feines que em sortien, o eren sense cobrar, o no em donaven ni per pagar-me els estudis. Els meus pares m'ajudaven amb el que podien, sempre ho havien fet, però no podia estar tota la vida demanant diners per intentar acomplir un somni que cada dia veia més llunyà.

Va fer un glop a la cervesa i es va quedar un moment

en silenci. Jo li vaig fer un petó a la galta que va semblar que la despertava d'un son profund.

—Perdona —va dir— vaig fer un pacte amb els meus pares: un termini màxim d'un any, si no em sortia res, ho deixaria córrer i buscaria feina. De fet, més que un pacte va ser una imposició per part seva, no podien subvencionar-me eternament. La pressió va accelerar el meu ritme i les presses et fan reflexionar poc. Un dia, en una prova per a un musical, vaig conèixer un agent. Era atractiu i influent i em va portar a festes i a sopars i també al llit amb la promesa de fer de mi una estrella.

—La típica història.

—Si, però per més típica que sigui, quan hi ets al mig, penses que la teva serà diferent —va apagar el cigarret, nerviosa, i es va quedar mirant els últims alens grisos del tabac—. O potser no penses i només et deixes portar.

Vaig assentir i ella va seguir amb la història.

—Cada dia anava a més festes i coneixia més gent important. Sopars de gala, presentacions de pel·lícules, festivals i coca, molta cocaïna.

—I de feina res.

—No m'interrompis —va mormolar mentre m'agafava la mà amb força—, ja em costa prou explicar-te tot això.

—Ho sento.

—Però tens raó, res de feina. Només drogues, alcohol i follar amb qualsevol que em pogués donar l'oportunitat de triomfar. Promeses que no es compleixen de satisfaccions de somnis que tots tenim. Promeses que em creia perquè volia que fossin veritat. No em mal interpretis, no hi estava pas malament! M'agradava aquella vida, i m'agradava la coca i follar cada nit amb desconeguts. M'agradava despertar-me al migdia en habitacions d'hotels que ja estaven pagades i passar-me la tarda escollint el millor pla per a nit. A més, de tant en tant, em donaven alguns papers d'extra en *tvmovies* i de farciment en pel·lícules que, la major part de vegades, ni s'estrenaven a les sales comercials. Pensava que per algun lloc s'havia de començar, però vist des de la distància, ara em sembla que eren més pagaments pels meus serveis que no pas feines. No menjava, dormia poc, havia perdut tot el contacte amb la meva família i també amb la realitat. Però en mig de l'embriaguesa de la riquesa dels altres, era feliç. Sentia que tot allò, en part, també era meu i que algun dia ho posseiria.

Es va encendre un altre cigarret i va inspirar profundament. Jo també.

—Un dia estava al metro, no recordo on anava, però em vaig despertar a l'hospital. M'havia desmaiat a l'andana. Els meus pares estaven allà. Feia més d'un any que no els visitava i, en veure'ls drets al costat del meu llit, només vaig poder plorar. Quan em vaig recuperar, em van internar en un centre de desintoxicació i, en sortir, vaig trobar una feina de mitja jornada en una botiga. Però el cuquet de la interpretació anava trucant a la porta i, mica en mica, vaig tornar als càstings, més tard, a les festes —va fer un glop de cervesa— i si no hagués parat, hauria caigut altra vegada en la droga. Però vaig veure que seguir el mateix camí només em portaria al mateix desenllaç.

—I vas fugir cap aquí.

—No, no vaig fugir —va dir alçant el to— vaig decidir canviar de vida. Necessitava canviar!

—No t'hi vas enfrontar, es com fugir.

—No, hi ha una gran diferència. Fugir seria si ho hagués pogut superar o ho hagués d'haver fet i no m'hi hagués volgut enfrontar. No, allò era diferent. Tu no pots volar per més que t'hi esforcis. Hi ha impossibles que ens sobrepassen, que no podrem mai aconseguir. Les ganes de fer, la passió, no és suficient: moltes vegades has d'estar disposat a sacrificar el que més t'estimes i a sacrificar-te a tu mateixa. I jo no hi estava disposada. No tots som iguals i no tots volem el mateix. La frustració, la culpa, el remordiment, vénen quan volem coses de les que no en som capaços i ens donem cops de cap contra una paret de formigó sense aconseguir res. No, per més ganes que en tingués, allò no era per a mi. La meva psicòloga em deia que s'han d'ajuntar l'actitud i l'aptitud, i ni tant sols era bona actriu! Però m'agradava. A la vida has de trobar allò que t'acosti a la felicitat i no t'obligui a renunciar a la resta, a renunciar a tu.

—I ho has trobat? —li vaig preguntar.

—Aquí estic tranquil·la, tinc amics, tinc temps per a mi.

—I et treus les ganes d'actuar amb les classes dels nens.

—Si.

—I amb això en tens prou?

—No et diré que no hi ha dies en que no ho enyori,

a la vida sempre et falta alguna cosa, però sí, amb això en tinc prou - va deixar la cervesa a la finestra i es va girar cap als meus ulls - cada dia em marco petites tasques a fer i les faig, petits objectius diaris, i cada dia me'n vaig al llit amb unes quantes victòries més al sarró. En això es basa la meva vida, en això i en buscar, cada dia, temps per gaudir de mi mateixa una estona. Temps per fer el que vulgui o per no fer res. Estic farta de falses promeses. De les que em feia jo i de les que em feien els altres.

La vaig mirar intentant anar més enllà dels seus ulls.

—Jo gaudeixo amb els nens —va seguir—, veient com aprenen, com es diverteixen. Potser per això vaig estudiar! Tu perquè vas estudiar cinema?

—Suposo que volia explicar històries —la pregunta m'havia descol·locat.

—I quantes n'has explicat?

Com a única resposta, vaig abaixar la mirada.

—M'ho semblava, potser tampoc és el teu lloc o el teu ofici o l'estàs encarant malament i no és la manera que les has d'explicar —va dir i es va tornar a girar cap a la lluna quedant-nos en silenci, mirant per la finestra, abraçats, immòbils.

Vam restar en aquella posició fins que l'Anna va espolsar el cap i es va aixecar amb un somriure mentre es netejava les llàgrimes seques.

—I parlant d'objectius —va dir amb veu alegre però plena de son—, ara mateix, el meu és dormir una mica. Ja n'hi ha prou de penes per avui.

—Em puc quedar amb tu?

—Si vols, però l'habitació te la cobraré igual!
—L'habitació li cobraràs a l'Eudald, però aquesta última cervesa va a càrrec teu - vaig replicar.
—Em sembla just.

72. UN MATÍ MOGUT

Eudald
Els antiinflamatoris li van anar molt bé al Pastor i aquella tarda va aixecar-se. Va sortir a fora, va pujar a veure les ovelles i allà, pujant el marge de davant de l'hostal, va ser quan es va torçar el turmell. Aquí sí. Aquí sí que es va fer mal de debò. De fet, se'n va fer tant que li va dir a la seva filla que seguís ella la transhumància. Bé, ja es veu en el documental! És un moment màgic, impagable, irrepetible. Si ho vols provocar no ho aconsegueixes.

Cesc
De fet està provocat, és tot una obra de teatre filmada i, tot s'ha de dir, bastant mal interpretada.

Anna
Per on començar? Per l'escopeta? Pels crits? Per la porta esbotzada? Per la imatge del Pastor? Pels collons d'en Cesc? Va ser un dia molt complert.

Cesc
Em vaig aixecar de cop amb els crits de la nena al passadís i, en sortir, vaig veure l'Eudald intentant ta-

par-li la boca i ella mossegant-lo. En Jonson també va sortir, però tot i estar al costat, no va fer res, estava com paralitzat.

Jonson
El que estava era observant i des de dins de l'habitació no podia veure l'escena. Tot havia començat quan la nena va intentar demanar instruccions al seu pare, com cada matí, i es va trobar la porta tancada amb clau. Ella va començar a picar i va sortir l'Eudald, sense deixar-la entrar i obrint tant poc que no va poder veure l'interior. Llavors ell li va dir que fes com cada dia, que el seu pare dormia. No li veia la cara, però podia intuir-la pel to de veu cordial. Llavors la nena va començar a cridar i va ser quan vaig sortir. En Cesc també, i l'Anna darrera seu. Com havia previst, aquella nit hi havia hagut marro!

Eudald
La nena va entrar com cada matí a veure a son pare i el Pastor li va dir per on havia d'engegar i que creia que l'endemà ja podrien marxar. Ella es va posar molt contenta, suposo que ja estava farta de dormir al ras cada dia i d'estar sola. És comprensiu.

Cesc
No sé exactament que li vaig dir però deuria ser un Què fots? O alguna cosa similar.
—La *simia* aquesta que vol entrar a veure son pare però li he dit que està dormint i s'ha fotut a cridar!

La va deixar anar, i ella va dir que havia matat el seu pare però que ella no havia dit res, que prometia que no havia dit res..

Maria
Jo creia que l'havia matat, sí, i per això em vaig posar tant nerviosa. Sort de l'Anna que em va ajudar. I sort del senyor bo.

Anna
Vaig agafar la nena i la vaig abraçar, li vaig dir que segur que el pare estava bé, però si t'haig de ser sincera, no n'estava convençuda.

Cesc
Li vaig dir que la deixés entrar, que així es calmaria, i l'Eudald que no, que el Pastor havia de descansar. Li vaig dir que s'apartés i vaig intentar apartar-lo per entrar, però ell va agafar l'urna de la meva àvia i em va amenaçar de llençar-la a terra si obria la porta.

Àvia
Per boca de Lucía de Día
Jo cridava que tirés la porta, que jo ja estava morta! Obre! Obre!

Cesc
La vaig sentir com em deia que no patís per ella, però patia. No volia que les seves cendres acabessin al cubell de les escombraries.

JONSON
En Cesc va dubtar, estava sospesant els pros i els contres i en cinc segons ho va tenir clar i va posar la mà al pom de la porta.

73. NO HO FEU A CASA

CESC
La porta estava tancada amb clau, li vaig demanar a l'Eudald que me la donés, em vaig acostar a ell i em va tornar a dir que trencaria l'urna.

MONTSERRAT VENTURA
MARE D'EN CESC
Senyor Déu meu quan la vaig veure!

CESC
L'Eudald tornava a estar davant de la porta, amenaçant, jo no sabia què fer. L'Anna abraçava la filla i feia que no amb el cap. En Jonson seguia sense badar boca, però li vaig veure un petit moviment als ulls en direcció a dins la seva habitació i ho vaig entendre ràpid.

JONSON
Potser sí que vaig provocar una mica aquella situació, no entrava dins els meus plans i vaig trencar amb la meva convicció moral de deixar que les coses passin, però ho vaig fer.

ANNA
En Cesc va entrar a l'habitació d'en Jonson, es va sentir un cop i l'Eudald va deixar anar l'urna.

Cesc
Vaig tirar la porta de fullola d'entre les dues habitacions i vaig sentir a la meva àvia trencant-se, però no m'importava, no em va importar gens quan vaig veure el Pastor: lligat, emmordassat, amb la cara plena de blaus, el peu negre... Sentia l'Eudald dient que no entressin, però van entrar, primer l'Anna i la nena, després l'Eudald seguit d'en Jonson.

Anna
La nena va cridar i va anar a abraçar al seu pare, jo li vaig treure la cinta americana de la boca d'una estrebada. En Cesc el va deslligar. Va intentar aixecar-se però va caure a terra i anava dient que mataria l'Eudald. La nena estava estirada a terra plorant, el Pastor cridant, l'Eudald contestant i en Jonson, com sempre, mirant. Fins que es va sentir el tret i tot es va quedar en silenci.

Cesc
Vaig agafar l'escopeta i vaig fer allò tant dramàtic de disparar al sostre. Nens, no ho feu mai a casa. I grans tampoc, no és una bona idea.

Anna
Quan recordo en Cesc tot ple de guix del sostre, encara em vénen ganes de riure. Li va caure tot a sobre, ni us explico el que em va costar la reparació! L'Eudald em va fer pintar però en Cesc... Aquella habitació era millor cremar-la i començar de zero, perquè l'assegurança em va dir que allò no entrava...

Cesc
Deixant de banda el forat del sostre, s'havia de bus-

car una solució per a tot allò, i estava clar que l'havia de trobar jo. L'Eudald i el Pastor eren part implicada, amb la nena no s'hi podia comptar massa, a en Jonson no el reconeixia i l'Anna esperava que digués alguna cosa.
—Estigueu quiets i callats una estoneta —els vaig dir—. Jonson vine amb mi.
Me'l vaig endur a la seva habitació per preguntar-li què en sabia i què m'aconsellava. El considero un home savi, estrany però savi.

Jonson
Naturalment no li vaig explicar que ho sabia tot des de feia dies, però sí que li vaig exposar el fets:
—El Pastor vol marxar d'aquí quant abans millor i l'Eudald no pararà fins que acabi el documental o fins que el detingui la policia i el portin a un psiquiàtric. Naturalment jo no estic massa a favor del tema de la policia, però el que tu decideixis crec que a tots ens semblarà bé —va fer una pausa—. O això, o un dels dos ha de morir. No hi veig més solucions.
En Cesc seguia amb l'escopeta a la mà i va tornar cap a l'habitació.

74. PER UN *PUTERO* COM TU

Anna
En Cesc em va demanar que li seguís el joc.

Cesc
—Mireu, jo n'estic fins els collons d'estar tancat en aquest hostal, ho sento Anna però és així. Vull tornar

a casa i abans haig d'escampar les cendres de la meva àvia al poble on va nàixer.
—Les cendres ja estan escampades —a dir l'Eudald, però amb una mirada en vaig tenir prou perquè callés.

Àvia
Per boca de Lucía de Día
—*Ole*! Un bon començament. Jo estaria tirada per terra, però encara l'escoltava. Quin orgull!

Cesc
—Tu també vols marxar, oi? —li vaig preguntar al Pastor.
—Jo vull anar a un hospital —la filla el va mirar estranyada.
—I tu, Eudald, vols acabar aquest cony de documental.
—Sí.
—Ell no podrà pujar la muntanya i tu no podràs filmar-ho, l'única solució és que les ovelles acabin la transhumància amb ella —referint-me a la filla.
—I com vols que canviï de protagonista al final del documental?
—Canvi generacional —li vaig dir— el Pastor va a buscar les ovelles, es fa mal, no pot continuar i cedeix el testimoni a la seva filla.
—No ho penso fer! —va cridar l'home—. No penso fer més comèdia!
—Doncs et deixo aquí perquè l'Eudald faci amb tu el que vulgui!

En aquells moments vaig mirar a l'Anna demanant ajuda.

—A mi m'és igual —i es va dirigir al Pastor—, per un *putero* pervertit com tu no penso moure ni un dit. El món seria millor si no hi fossis.

El Pastor va callar i l'Eudald va parlar.

—Ho veig, ho estic veient! Quin gran final! Un traspàs de poders entre la vella generació i la nova, un canvi de cicle, una continuació de la tradició! Molt bé Cesc, sabia que al final series d'utilitat! Però ho hem de fer bé. Una bona caiguda, ben interpretada i, després, un comiat a la seva filla "fes el que jo no puc, acaba tu la transhumància". M'encanta! Vaig a preparar l'equip.

75. SORT

François Taverniere
Director del festival **Document the Underworld**

La veritat és que va tenir molta sort que el Pastor es fes mal a l'últim dia, això dóna al documental una profunditat que no hauria tingut si no hi hagués hagut el traspàs de poders.

Crec que el documental se sustenta en això, fins llavors no deixa de ser un documental costumista d'una transhumància: tradicions que es perden, oficis antics, i totes aquests temes dels que se n'ha parlat mil vegades, però el fet que hi hagi aquest punt d'inflexió, que el Pastor vell no pugui seguir i li hagi de deixar el ramat, és a dir, la seva vida, el que és ell, a la seva filla, és absolutament espectacular. Jo, personalment, l'hauria titulat *El llegat*, però amb això dels títols cada persona és un món. *Trans-humans...* quina tonteria!

76. SOBREACTUACIONS

CESC
Les cendres seguien escampades a terra quan vam acabar de dinar. Un dinar tens menys per l'Eudald que parlava de com ho filmaria tot: angles, actuació, llum. Ho estava planificant fins el mínim detall. L'Anna i jo ens el miràvem des de la distància de qui es mira un boig. En Jonson, no ho sé, en Jonson estava allà.

ANNA
Després de menjar vam posar les cendres i l'urna esmicolada en una bossa.

JONSON
Sabia que aquell dia acabava tot, que l'endemà marxarien i jo marxaria amb ells. Volia veure el final de la història.

EUDALD
Em va saber greu que el Pastor es fes mal, però pel documental crec que va ser el millor.

CESC
L'Eudald va decidir filmar a l'hora màgica.

Entrevistador
Pels que no estan posats en el tema, els hi podries explicar?

Cesc
L'hora màgica és aquella hora on el sol s'ha post però encara no és de nit, o quan el sol no ha sortit però ja és de dia, així et pot servir tant de matí com de tarda, o si tanques diafragma, et pot servir com a nit. El problema és que tens molt poca estona.

Entrevistador
Crec que ha quedat clar.

Cesc
Doncs l'Eudald va voler rodar a aquella hora, és a dir, a la tarda-vespre.

Eudald
Aquell matí el Pastor es va fer mal.

Entrevistador
No havies dit a la tarda?

Eudald
Em sembla que t'ho he deixat molt clar com m'havies de tractar! T'ho explico una última vegada: el Pastor es va fer mal just el matí que anàvem a marxar. Queda clar?

Entrevistador
Sí.

Anna
No sé quantes preses van fer amb el Pastor pujant el marge i caient a terra, però si tenia el turmell fotut, després d'allò encara el deuria tenir pitjor.

Cesc
Van ser vint-i-vuit vegades, ho se perquè feia *d'script*. L'Eudald mai n'estava del tot content, perquè no només era la caiguda, la filla s'havia d'acostar corrent i tenir la conversa que havia escrit després de dinar:

> Filla
> *Pare, pare, què t'ha passat?*
>
> Pastor
> *Els meus dies de transhumant s'han acabat, com a mínim aquest any.*
>
> Filla
> *Però si només et queda aquesta última pujada!*
>
> Pastor
> *Filla meva, fes-la tu. El ramat és teu, porta-les a bon destí.*

I la filla havia de marxar prat amunt.

Eudald
Una escena preciosa, mai hauria pensat que pare i filla poguessin tenir aquells diàlegs, aquella complicitat..

François Taverniere
Brillant.

Cesc
Vint-i-vuit vegades! Que si no era la caiguda, era l'actuació de la nena, sinó el gos que bordava, sinó que se n'havia anat de focus, un drama! Però al final l'Eudald va quedar satisfet.

Anna
Aquella nit va ser l'última que van dormir a l'hostal, cada a la seva habitació, menys en Cesc que va dormir a la meva.

Cesc
Volia passar una nit més amb ella, creia que allò era el final, però amb el que va fer no la podia deixar escapar.

Jonson
Això és una altra història, el dia següent és el dia següent, però encara queda la nit d'aquell dia.

77. LA CAPELLA SIXTINA

Cesc
En Jonson va aparèixer en el moment precís.

Anna
En Cesc, a la nit, em va demanar si podia utilitzar el telèfon per trucar els seus pares, em va semblar estrany perquè creia que ja havíem superat el haver de demanar permís per fer coses.

CESC
Jo ho trobava un qüestió d'educació. El cas és que vaig trucar a casa, deurien ser les deu de la nit.

Ring, ring, ring, ring

—Si? Digui'm?
—Hola mama, què tal?
—Que què tal? Això dic jo! Fa anys que no sabem res de tu! Com està la meva mare?
Vaig estar a punt de dir que morta, però en Jonson va aparèixer amb l'urna.
—Perfectament! Per això et trucava, quedem demà a Sant Joan del Munt, crec que arribarem sobre les cinc o sis de la tarda.
La conversa va ser més llarga però no importa, és més impressionant el que va fer en Jonson.

JONSON
Em sentia culpable de que les cendres i l'urna haguessin acabat esmicolades a terra. Si hagués dit alguna cosa del que veia, segurament allò no hauria passat. Així que li vaig demanar a l'Anna on estava l'àvia d'en Cesc.

ANNA
Em va dir que la volia reconstruir, que amb les papallones a vegades fallava, però que amb una urna podia.

JONSON
Mentre ells filmaven la súper escena del documental, jo estava amb el pinzell i la goma adhesiva. Primer vaig treure totes les restes de cendra dels trossets de ceràmica i després els vaig enganxar i vaig posar a la morta

altra vegada al seu recipient. Crec que com a mínim li devia això.

Àvia
Per boca de Lucía de Día
Va ser molt curós, la veritat. També diré que tota, tota, no hi era a dins l'urna, una part de mi va quedar en aquell hostal. De fet, crec que una part de tots nosaltres s'hi va quedar.

Cesc
Quan vaig penjar, en Jonson va dir "recordes la sèrie *A dos metros bajo tierra*? Aquesta és la meva Capella Sixtina". I quan va sortir el sol, va arribar l'últim dia de transhumància.

Última etapa

78. POSTALS DE NADAL

Cesc
En Jonson havia desaparegut i mai més n'he tornat a saber res.

Anna
Em va deixar cinc papallones amb una nota que posava Aquestes són autèntiques, i cada any per Nadal arriba una postal amb la foto d'una papallona i en el text només posa:

> *Bon Nadal, parella.*

Cesc
No sabia que encara li arribaven. M'agradaria tornar-lo a veure, vosaltres l'heu vist?

Entrevistador
Sí.

Cesc
I com està?

Entrevistador
Bé.

Cesc
I no em podríeu passar el seu contacte?

Entrevistador
Ja saps com és, no ho voldria, però de fet ni el tinc. Quan vam començar tot el documental i ens en vas parlar, vam buscar-lo, però, com trobar un falsificador de papallones que només el coneixes per un nom fals? La meva productora va decidir posar uns anuncis a revistes especialitzades i en botigues, mercats i encants. Un dia ens va trucar des d'una cabina, ens va citar en una àrea de servei de l'AP-7, ens va convidar a un pinxo de truita de patates i vam acordar que li podíem fer l'entrevista si no se'l reconeixia. Després, no n'hem sabut res més.

Cesc
Sí, m'ho crec, sempre tant reservat.

Jonson
En aquella història ja no hi tenia res a fer. Ja havia vist tot el que havia de veure, de fet, més de que hauria volgut. Sabia que el dia següent marxarien tots i jo em podia quedar allà fins que l'Anna em fes fora, acomiadar-me de bon matí o fer una sortida dramàtica i seguir el meu camí com un esperit que mai ningú sabrà del tot si va existir. De fet, qui diu que no vaig acabar la transhumància amb ells? Qui diu que

les cendres no em van caure a sobre perquè feia vent que venia de costat i jo estava amagat just en aquella direcció? Ja t'ho he dit, sóc una papallona.

EUDALD
I aquell matí es va fer mal el Pastor. Ara sí.

CESC
Ens vam llevar aviat, el pla era que la nena portés les ovelles l'etapa final de la transhumància, que l'Eudald filmés i que jo pugés amb el tot terreny i el Pastor fins a Sant Joan del Munt. Ja tot m'era igual, no em feia falta arribar caminant, ni em feien falta els nens, només volia escampar les cendres, oblidar quasi tot el que havia passat i seguir amb la meva vida. M'estava acomiadant de l'Anna, li deia que la pujaria a veure i ella em deia que no comencés a fer promeses que no podria complir. El Pastor em va cridar des del cotxe.

ANNA
Clar que volia que vingués, però també era molt conscient que els amors d'estiu s'acaben amb la tardor.

CESC
—Nano —em va dir el Pastor—, tu no em portes amb cotxe fins al poble.

—No comencem —vaig replicar-li—, no és moment d'anar fent l'imbècil, acabem el viatge i fem com si no ens haguéssim conegut mai.

—No és això, no vull que aquell malparit estigui sol amb la meva filla. Tu seràs moltes coses, la majoria dolentes, però no ets mala persona, i m'has demostrat que

saps el que s'ha de fer si les coses van maldades.
—Què és el que no ha d'anar bé?
—Tu puja amb el ramat i vigila'ls. T'ho demano si us plau. Com un favor.
—I el cotxe?
—Digues-li a l'Anna que em porti ella.

Les ovelles feia un quart d'hora que havien marxat i jo vaig haver de recuperar el terreny perdut.

79. D'ENTRE LA BOIRA I: MARIA, CESC I EUDALD

Cesc
Per trobar un ramat de vuit-centes ovelles no has de ser cap gran rastrejador, només has de seguir les olives negres que deixen al seu pas.

Eudald
Jo tornava al meu punt de vista des del centre del ramat, sempre endavant. La nena em controlava i li vaig haver de fotre algun crit perquè no mirés a càmera.

Maria
Jo no sabia què em faria, però si que sabia que no li podia treure l'ull de sobre, no. El Colom tampoc li treia. De fet li vaig haver de dir que el deixés ficar-se entre les ovelles, vaig pensar que millor allà que al meu costat, sí. Encara recordo la pudor d'anís.

Cesc

Amb la meva àvia altra vegada a la motxilla, la motxilla carregada a l'esquena, un jersei lligat a la cintura per quan comencés el fred i amb l'únic so dels meus esbufecs, pujava una muntanya que sabia que no m'ho posaria fàcil.

Les ovelles semblaven lentes, però només ho semblaven, perquè ja m'havien tret un bon tros. Jo corria o caminava ràpid, depenent del que les forces em permetien. Quan has de fer pujades desitjaries no haver fumat en la vida. L'hostal es dibuixava petit i immòbil a la llunyania. Patia per si l'urna s'esmicolava, no és que dubtés de les habilitats d'en Jonson, però quan una cosa està trencada no és fàcil tornar-la a unir.

Les boles de merda s'endinsaven per un camí enmig d'un bosc i, en sortir, vaig trobar el ramat menjant herba i la nena i l'Eudald fent el mos de mig matí amb el Colom entre els dos.

Quan em vaig acostar, l'Eudald va fer cara de sorpresa i la nena va seguir mirant el seu entrepà.

—Què fots aquí? —em va preguntar.
—Fa estona que ens segueix -va comentar ella.
—Ja l'havies vist?
—A muntanya has de saber mirar —i va seguir menjant.
—L'Anna pujarà a ton pare fins a Sant Joan —li vaig dir.

Eudald

En Cesc em va dir que acabaria el viatge amb nosaltres, que era el que volia fer, que era el que li devia a la seva àvia i no sé què més.

Cesc
Què volies que li digués, que el Pastor no se'n refiava d'ell? Era l'últim dia, no calia embolicar-ho més del que ja estava.

Eudald
—Mentre no entris en quadre, no hi ha problema.
—Tranquil —em va dir— em quedaré darrera el ramat.
Els collons, la feina que vaig tenir perquè no entrés en pla quan van aparèixer els nens!

80. D'ENTRE LA BOIRA II: ANNA I PASTOR

Anna
Dins el cotxe, el Pastor em va dir que si li posava la reductora, ganivet i a les bardisses. Jo li vaig contestar que em baixés dos tons o es quedava allà.

Pastor
Una cosa s'ha de reconèixer: la mossa els té ben posats.

Anna
—Com estàs? —li vaig preguntar.
—Cansat.
—Vols que anem a l'hospital?
—No, encara no, el que vull és dutxar-me, afaitar-me i tornar a casa.
—Tenim tot el dia. El vols passar a muntanya o vols arribar dutxat i afaitat?

Pastor
Com vam poder vam tornar a entrar a l'hostal, em va ficar a la banyera, em va deixar maquineta i espuma i, quan va sortir, em vaig treure la roba.

Anna
Li vaig preguntar si volia que l'ajudés però ell em va dir que si una dona el despullava era per fer-li alguna cosa més. En aquell moment vaig tenir clar que l'esperava fora. Ell sempre serà ell. No enganya.

Pastor
Quan una cosa la fas poc, quan la fas, la fas bé i la gaudeixes i t'hi estàs estona.

Anna
Em va acabar l'aigua calenta! Mentre ell es desincrustava la ronya, vaig aprofitar per fer unes trucades.

81. D'ENTRE LA BOIRA III: MARIA, CESC I EUDALD

Cesc
—Arrapeu-vos bé a la muntanya que comencen les pedretes —va cridar la nena.

Les passes patinaven enrere i les mans s'intentaven agafar a qualsevol pedra o arrel que sortís una mica; les ovelles saltaven i buscaven bons punts de recolzament; l'Eudald volia filmar però es va haver de penjar la càmera a l'esquena mentre intentava, com tots, no caure avall. Van ser dues hores dures, però quan vam arribar a dalt, el paisatge va canviar per complert: davant nos-

tre s'obria la muntanya: verda, humida. Un horitzó de turons marcava el camí.
—Veieu aquella punta que surt més enllà a la dreta, la que hi ha darrera l'antena? —ens va dir ella—. Allà és on anem.
La nena s'havia fet dona. Era la Pastora

EUDALD
No ho va fer gens malament, però encara li quedaven molts anys per tenir el saber de l'experiència de son pare.

CESC
Era una Pastora que ens ensenyava el camí, que coneixia el territori i el terreny. Se la veia segura, ferma, tot i que en els seus ulls hi seguia veient fragilitat. Però estava alegre! Em va emocionar.

PASTORA
Sí, m'agradava saber més coses que els senyors, sobretot que el senyor dolent. Em feia sentir bé, sí.

CESC
Semblava impossible fer el que quedava de viatge en el que restava de dia, però pel que semblava, anàvem bé de temps.
La temperatura havia canviat radicalment i, llavors que la pujada era suau, l'aire fred em feia posar la pell de gallina. Sense deixar de caminar, ella es va treure la jaqueta del sarró i se la va posar. Jo vaig fer el mateix amb el jersei de la cintura. L'Eudald era l'únic que seguia en màniga curta.

EUDALD
Collons quin fred! Sort de l'estabilitzador d'imatge de la càmera perquè tremolava que donava gust.

CESC
Per arreu, dunes de terra vermella contrastaven amb l'herba verda i brillant i donaven la sensació d'un paisatge extraterrestre: m'havien teletransportat i estava descobrint un món fantàstic ple d'éssers estranys.
—Aquesta és la terra roja que no surt de la roba? — vaig preguntar a la meva àvia, però no hi va haver resposta.

ÀVIA
PER BOCA DE LUCÍA DE DÍA
Sí, aquella era la terra vermella, però estava massa emocionada per parlar, estava tornant al poble, hi estava arribant amb les ovelles i amb el meu nét. Estava a tocar. Quan era petita allò era la fi del món. "No passeu de les dunes", ens deien els pares.

EUDALD
L'antena era ferralla blanca que s'alçava fins el cel i que trencava la màgia d'aquell lloc, però no hi havia manera que no entrés en pla. Al final ho vaig jugar com que la civilització arribava fins als llocs més recòndits. Com deia Stroianovsky "No sempre pots tancar tant el pla com perquè no es vegin els contenidors de reciclatge".

CESC
Tornava a omplir-me els pulmons de l'aire dels meus avantpassats, el fred s'havia apagat, transformant-se en emoció. Vaig avançar el ramat i no vaig fer cas dels

crits de l'Eudald. Volia arribar amb la Pastora. Ella em va somriure i vam caminar junts i en silenci. La boira no ens deixava veure més que uns vint o trenta metres davant nostre.

Eudald
   Malparit! Allò sí que em va costar de muntar! En Cesc no podia aparèixer del res! Sort de la boira que dissimulava el cap de ramat.

Cesc
   —Em sap greu que no sigui un final tant romàntic com esperava —vaig comentar a la meva àvia- però com a mínim tornaràs al poble.
   —Diria que encara t'espera alguna sorpresa -em va dir la Pastora sense girar-se.
   —Què vols dir?
   —Aquests de ciutat, ja he dit que a muntanya s'ha de saber mirar.
   Seguíem a pas lent trepitjant la terra humida. Vaig sentir crits i riures i de la boira en va aparèixer un grup de nens corrent que va baixar fins on ens trobàvem. Vaig mirar a la Pastora i ella em va tornar a somriure.
   —És bonic tornar al passat —vaig sentir que deia la meva àvia.

Pastor
   M'hauria agradat ser jo qui pujava en lloc d'esperar a que arribessin, però hi ha coses que no es poden canvi-

ar. Jo ja ho havia viscut moltes vegades, la meva filla es mereixia viure-ho com a mínim una.

CESC
Jo a aquells nens els coneixia.

82. FINAL

CESC
Seguíem pujant, els nens s'avançaven, retrocedien, jugaven. La boira ens engolia i el poble es dibuixava millor a cada passa que fèiem, fins que totes les siluetes es van enfocar. Tots els avis del poble esperaven pacients l'arribada del ramat. En veure'ns a prop, van començar a aplaudir. Els petits anaven fins a ells, ells els abraçaven i els convidaven a tornar a baixar. Semblava que la vida hagués tornat a aquell poble mort molts anys enrere. Entre els altres vells, em van sorprendre els ulls vidriosos del Pastor, massa home per plorar en públic. Vaig reconèixer els meus pares gaudint de la festa i saludant-me amb la mà. També hi havia els pares dels nens. El Patrol estava aparcat prop del camí i, sobre d'ell, asseguda al capó, l'Anna. M'hi vaig acostar.

—És cosa teva tot això?
—Potser —em va respondre.
—Com t'ho has fet?
—Quan has marxat he trucat als meus alumnes i els he dit si volien participar en un documental com a extres. Volen ser actors, no ha estat difícil!

Els meus pares es van acostar i em van abraçar llarga estona i vam plorar. Semblava que l'emprenyada se'ls havia passat.

—Anna, et vull presentar...

—Els teus pares, ho sé. Hem estat xerrant una mica mentre us esperàvem.

Montserrat Ventura
Mare d'en Cesc

L'Anna ens va explicar com patia en Cesc per la seva àvia, com l'havia cuidat, com volia que aquell viatge sortís bé. També ens va dir que hi havia hagut algun problema amb l'urna però que res important. Ja et dic que quan la vaig veure no vaig pensar el mateix, però em va dir que en Cesc havia plorat molt i que aquell viatge era molt important per a ell.

Anna

Vaig pensar que entendrir una mica el cor d'aquella bruixa no estaria de més.

Montserrat Ventura

Realment aquell era un gran comiat, el meu fill tenia raó: allò li hauria agradat a la meva mare.

Miquel Quintanilla
Pare d'en Cesc

Llàstima no haver-hi pujat quan estava viva.

Cesc

El poble seguia de festa mentre les ovelles entraven al corral. La mort s'allunyava del rostres d'aquella gent que per un dia tornaven a ser joves i jugaven amb els nens que omplien l'aire de sons que ja ni recordaven. Un cop tancat el ramat, vaig treure l'urna i ens vam disposar a llençar les cendres. Tothom es va congregar al nostre voltant per dir un últim adéu a la nena de les faldilletes. Alguns feien el senyal de la creu, altres tancaven els ulls. La meva mare es va escandalitzar en veure l'urna esmicolada i enganxada per en Jonson.

—Ha estat un viatge molt llarg —va ser tot el que li vaig dir.

La va destapar i va abocar lentament les cendres que volaven lliures, pels camps que les havien vist nàixer. Recordo que feia vent lateral i van volar de costat. L'Anna em va agafar la mà. Remolins grisos s'escampaven per cada racó d'aquella muntanya. Un Pare Nostre em va omplir el pensament, a ella li hauria agradat. El viatge s'havia acabat i la meva àvia descansava a la terra. A la seva terra.

83. INICI

Cesc
 El Pastor seia en un marge mirant l'espectacle i vaig seure amb ell.
 —Ja tenim una altra transhumància a l'esquena —va dir el Pastor.
 —Sí —vaig contestar.
 —Suposo que ja no n'hi haurà més —va dir—, potser ella seguirà, no ho sé *pa*! M'agradaria... Però per a mi segur que és l'última. Pensava que mai arribaria aquest moment, però aquí està.
 Em va mirar i va senyalar els camps i les muntanyes que s'extenien davant seu.
 —És un bon lloc per descansar— i va tornar el silenci.

Pastor
 Els pares del nano van venir cap a on estàvem.
 —Véns amb nosaltres cap a casa? —li van preguntar.

Cesc
 Per entre les cames de la meva mare vaig veure l'Anna recolzada al tot terreny.

—No, ja m'espavilaré per baixar.
Es van girar, la van veure, em van somriure i van marxar. Abans, però, ens vam tornar a abraçar.

Miquel Quintanilla
Pare d'en Cesc
Ho havia fet bé, se li havia de reconèixer. Sincerament, jo estava molt emocionat i la meva dona, tot i que ella no ho reconeixerà mai, també.

Eudald
Ho havia aconseguit, només quedava muntar el documental i esperar els premis: ensumava una obra mestra.

José Enrique Manrique
President de l'Associació de Crítics del Documental Pur (ACDP)
Ho va ser: èxit de crítica i públic. El malparit ho va aconseguir. Va ser, fins llavors, el documental exhibit en més sales comercials de la història. Una espècie de Michael Moore amb ovelles en lloc d'en Bush.

Cesc
Vaig anar cap a l'Anna i li vaig demanar que m'acompanyés. Vam travessar el poble sense creuar cap paraula fins que vam arribar a la casa de la meva família.

Anna
Era el seu moment, si no volia parlar, jo no parlaria. Se'l mereixia. Volia que l'assaborís. El que sempre he dit: petites victòries.

Entrevistador
Encara l'estimes?

Anna
Em sembla que això no importa massa. Acabem ja, si us plau?

Entrevistador
D'acord.

Anna
Estàvem davant d'unes runes i vaig notar que la seva mà premia amb força la meva.

Cesc
—Aquí va nàixer la meva àvia, no és que en quedi gaire cosa, però crec que es pot arreglar.
—Què vols dir?
—El Pastor ha dit que era un bon lloc per descansar, potser també és un bon lloc per començar.

Jonson
I es van fer un petó. Jo no hi era, però recordo que l'escena va ser preciosa.

Granollers, 27 d'abril de 2016 a les 22.40
Última revisió: Granollers, 27 d'octubre de 2018

Agraïments

A l'Albert Rubio, per les revisions, per fer-me canviar el llibre de dalt a baix i per animar-me a explicar la història com la volia explicar.

A l'Albert Gómez, per la paciència i l'ajuda amb els programes de disseny i en tot el que hem fet junts des que érem ben petits i contruíem carromòbils..

Al Domènech Cosp i a l'Albert Folk per haver compartit aquella transhumància amb mi.

Al David Parera que, a banda de compartir la transhumància i ensenyar-me a fer àtics amb vistes a la muntanya, ha fet millor aquesta mitja vida que fa que ens coneixem.

A l'Adrià Capilla, per tantes hores parlades i tantes més que ens queden.

Al Pipa, sense ell aquest llibre no existiria.

Edició: novembre 2018

© Oriol Font i Bassa 2018

Printed in Poland
by Amazon Fulfillment
Poland Sp. z o.o., Wrocław